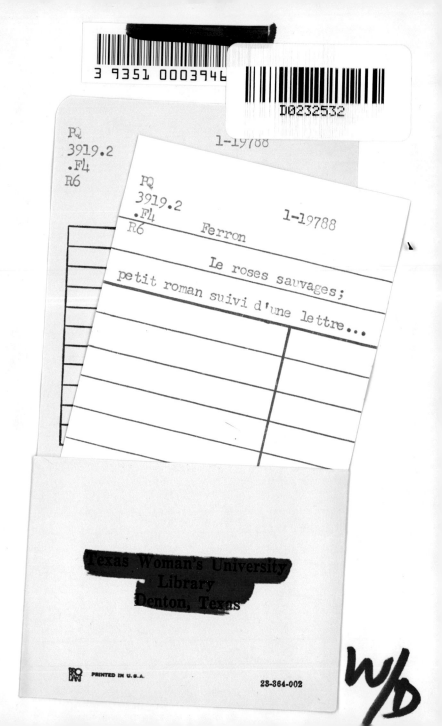

Avec les hommages
du
Conseil des Arts du Canada

With the compliments
of the
Canada Council

Les roses sauvages

Du même auteur chez le même éditeur :

Le ciel de Québec
Historiettes
Cotnoir, suivi de la Barbe de François Hertel
L'Amélanchier
Le Salut de l'Irlande
La Chaise du maréchal Ferrant
Le Saint-Elias
Du fond de mon arrière-cuisine

Chez d'autres éditeurs :

Contes (HMH)
La charette (HMH)
Théâtre (Librairie Déom)
Les confitures de coings (Parti pris)
L'ogre (Cahiers de la file indienne)

Jacques Ferron

Les roses sauvages

Petit roman
suivi d'une lettre d'amour
soigneusement présentée

ÉDITIONS DU JOUR

1651, rue Saint-Denis, Montréal

Distributeur:
Messageries du Jour inc.,
8255, rue Durocher,
Montréal H3N2A8
Téléphone: 274-2551

Maquette de la couverture: Gilles Robert

Le Conseil des Arts du Canada a accordé une subvention pour aider à la
publication de cet ouvrage.

ISBN: 0-7760-0634-7

A *Lorraine Trempe*

Une fois, par taquinerie, elle l'appela Baron et le surnom lui était resté car, loin de s'en piquer, il avait été plutôt flatté. C'était un beau grand jeune homme toujours bien mis, soignant son apparence sans ostentation, toujours poli et prévenant malgré son exubérance naturelle, mais surtout très avantageux ; il prenait toute la lumière et ne parlait jamais de l'ombre. Dans la maison d'affaires où il était entré du collège, il avait obtenu de l'avancement ; ses supérieurs appréciaient son travail et l'enthousiasme ingénu qu'il mettait à l'entreprise, parlant d'elle comme si elle était la sienne ; sa situation restait modeste en comparaison de ce qu'elle deviendrait, assez belle déjà pour s'installer dans une banlieue respectable et épouser une jeune fille dont l'admiration pour lui l'avait séduit, qui l'aimait aussi sans doute, celle-là même qui l'avait appelé Baron pour taquiner, non sans ironie et un peu d'agacement. Ils avaient emménagé ensemble avec la joie enfantine des jeunes gens qui se bâtissent une captivité comme s'il s'agissait d'un jeu ; ils s'étaient mis au pas du voisinage dont ils ne connaissaient pas les gens mais voyaient l'uni-familiale à peu près de même style et de mêmes matériaux que leur si joli bungalow, s'appliquant à l'entourer de gazon et d'arbustes, seulement, ayant englouti toutes leurs économies dans l'achat de cette propriété, autant les siennes à lui que les siennes à elle qui, avant le mariage, avait travaillé et gagnait bien sa vie, ils avaient dû le faire avec très peu de moyens, y suppléant par leur ingéniosité, et ils avaient réussi de la sorte à se donner dans la rue une originalité par la verdure. En fin d'avril, chaque année, ils allaient se chercher dans le repoussis des champs abandonnés et les bois des alentours des arbrisseaux qu'ils transplantaient au seul prix de leur peine et qui repoussaient tous. Evidemment Baron s'en attribuait tout le mérite ; il avait présidé à la tâche, choisissant les espèces, décidant de tout, et elle n'avait fait que l'aider avec une efficacité qu'il n'avait pas remarquée. Autour des ruines d'une maison de cultivateur, dans un bout de rang isolé où il ne semblait plus y avoir personne, ils avaient trouvé des lilas, des lys rouges, des cœurs saignants et des roses sauvages. Les premiers allèrent dans la cour, mais Baron avait tenu à planter ces dernières sur l'étroite lisière de terre qu'il y avait entre les fenêtres de leur chambre et le rectangle d'asphalte où il mettait son auto. Les roses qui vivotaient depuis des années, peut-être depuis un siècle et même davantage, se trouvèrent ravigotées par la transplantation et se mirent à retiger si bien que la deuxième année, dès la troisième semaine de juin, moment de leur floraison, elles cachaient presque les fenêtres de la chambre qui désormais jusqu'aux neiges, et d'une année à l'autre s'épaississant, s'en trouva de plus en plus assombrie. Elle s'en était plainte une fois ou deux, mais Baron lui ayant dit sa joie de voir persister dans l'ombre, lorsqu'à son retour du travail il éteignait les phares de l'auto, la lueur pâle des petites fleurs blanches, et de humer ensuite leur parfum quand il descendait et marchait vers la porte, qu'elle n'avait pas insisté. Son admiration pour lui, sans l'engorger de béatitude, sans être aussi fervente qu'au début de leurs amours, quand elle se sentait indigne de lui et qu'elle restait profondément troublée d'avoir attiré son attention et de le voir amoureux d'elle, ce beau jeune homme, toujours poli et prévenant malgré son exhubérance naturelle, qui lui faisait la cour honnêtement en vue de leurs épousailles quand il aurait pu l'avoir à moindre compte pour une nuit, rien que pour une seule nuit, restait assez forte pour la dissuader de s'opposer à sa volonté, quitte à se moquer un peu quand elle devait allumer une lampe pour lire, allongée sur son lit, en plein jour, plein été. Elle le faisait avec tant de délicatesse et de subtilité que lui, il croyait qu'elle en était venue à préférer cette pénombre à la lumière des beaux jours. Elle se payait aussi d'un peu de pitié pour elle-même d'avoir un tel mari, aussi avantageux, qui lui parlait de sa maison d'affaires comme si elle était le Vatican et lui appartenait, de ses patrons comme s'ils eussent été ses oncles, et qui de plus se répétait :

— T'ai-je dit, chérie ?...

Elle savait d'avance de quoi il s'agirait, mais l'en eût-elle prévenu qu'il aurait trouvé quand même moyen d'en parler. Alors elle répondait :

— Mais non, chéri, tu ne me l'as pas dit.

11

Les journées passées seule lui semblaient longues. Enfin venait le soir et elle se sentait toute heureuse de savoir qu'il allait bientôt arriver. Parfois elle était si contente qu'elle avait du mal à se contenir, qu'elle aurait voulu sortir avec lui, aller n'importe où, fuir sa captivité. Non seulement il allait venir, mais encore c'était pour la délivrer. Ensemble ils passeraient la nuit, rien qu'une nuit, et au matin elle serait prête à mourir, n'en demandant pas davantage. Puis elle entendait le bruit de son auto, leur si joli petit bungalow se trouvait tout illuminé par cette arrivée ; puis les phares s'éteignaient, le roulement du moteur cessait. En juin, Baron s'attardait un peu au dehors avant d'entrer, à cause des rosiers sauvages. Enfin quand il entrait, elle se rendait compte du premier coup d'œil que malgré son exhubérance naturelle il était fatigué et surtout content de s'enfermer avec elle pour la nuit. Le lendemain matin, tout refait, il repartait tandis qu'elle resterait captive avec une journée énorme devant elle, un ménage de rien du tout pour l'occuper, la télévision commanditée, parfois un peu de lecture. Et chaque matin du pas de la porte, il lui disait :

— A ce soir, chérie. Ah ! que tu es chanceuse, toi, d'avoir tout une journée pour flâner !

— A ce soir, Baron. Va, ne te fatigue pas trop.

Avant son mariage, elle travaillait, gagnait bien sa vie et se trouvait indépendante. Elle avait connu la camaraderie et ç'avait été après de longs conciliabules avec ses amies et copines qu'elle s'était décidée à ne pas avoir d'enfants. Quelques années avaient passé. Dès ses fiançailles, craignant de perdre Baron, elle s'était éloignée de ses amies et copines. Elle les avait perdues de vue et n'était pas parvenue à les remplacer dans sa banlieue distinguée parce que les voisines y restent des étrangères même si on les connait ; on doit feindre de ne pas les voir quand on les rencontre au Marché ou afficher un sourire futile qui les garde loin, interdisant la parole. D'ailleurs ce sont pour la plupart, elles aussi, des névrosées. Si elle avait eu des enfants, peut-être par eux se serait-elle liée au voisinage, agréable ou non, mais elle restait fidèle au pacte conclu au temps de la camaraderie et ne tenait pas à en avoir ; Baron, sans dire son dernier mot, l'approuvait pour le moment. Sa maison d'affaires avait des succursales partout sur le continent ; il risquait d'être muté ailleurs et se souvenait d'avoir appris que les déménagements ne sont pas à conseiller pour les enfants. Quant à retourner travailler, il n'en était pas question malgré l'appoint qu'elle aurait apporté au budget du ménage, même si l'on devait se restreindre à une certaine économie « pour préparer l'avenir », comme Baron le disait parfois sentencieusement. Il tenait à ce qu'elle soit bien vêtue, mais elle sortait si peu que sa garde-robe n'était guère garnie. Au fond, c'était lui le mieux mis. Il soignait sa tenue, au vêtement ajoutant sa taille, le fait qu'il portait bien, le teint plus clair qu'elle, son exhubérance qui contrastait avec sa réserve et sa timidité. Ils formaient un couple semblable à celui des oiseaux où le mâle est plus beau, plus glorieux que la femelle.

Ils étaient mariés depuis plus de trois ans déjà, le rosier sauvage avait fini d'obstruer les fenêtres de la chambre à coucher, quand Baron partit en vue d'un avancement faire un stage de courte durée, deux semaines environ, dans une succursale de l'extérieur ; ce stage était le premier de trois, un à Baltimore, l'autre à Toronto, le dernier à San Francisco, échelonnés sur huit mois. Au cours de ces absences, chaque soir, à l'hôtel, il écrivait à sa femme de son écriture haute et ferme, égale et sans apparence de fatigue, pour lui rendre compte de la journée. Elle de son côté, après avoir tenté de le faire lors du premier stage, s'était rendu compte qu'il ne lui arrivait jamais rien et qu'elle n'avait à lui dire que des répétitions de formules banales. Toutes ses lettres envoyées à Baltimore lui avaient appris son humiliation. Elle ne lui écrivit pas à Toronto ni à San Francisco. A chacun des retours de Baron, elle l'accueillait de son mieux, avec des manifestations de joie qu'il avait vite fait de déborder de ses transports. La dernière fois, après San Francisco, en revenant de l'aérogare à la maison, elle pleura, puis elle dit :

— Baron, ne me laisse plus jamais.

Sa peine le toucha profondément. Il lui promit tout ce qu'elle demandait. Quelques semaines plus tard, avec une dignité toute naturelle mais aussi avec des lueurs d'une joie fébrile qu'il ne lui connaissait pas, elle lui annonça qu'elle était enceinte. Il lui demanda :

— Contente ?

Elle lui répondit oui, qu'elle était contente, si contente qu'elle regrettait à présent sa lubie de ne pas vouloir d'enfants.

— Si j'avais su, Baron, j'en aurais trois ou quatre déjà.

Cette exagération les fit rire tous les deux, puis le futur père, un peu ému et grave, aussi un peu ridicule, lui toujours bien mis, dans un personnage trop grand, semblable à un habit mal ajusté, avoua que depuis quelque temps déjà il souhaitait cette grossesse. L'enfant vint au monde quelques jours avant terme comme il arrive souvent dans le cas d'un premier-né, ainsi que l'expliqua le médecin. C'était une petite fille qui ressemblait surtout à sa mère et que Baron, dès la première fois qu'il la vit, aima de tout son cœur même s'il lui sembla qu'elle grimaçait comme une petite démone. Sa femme aurait préféré un fils ; elle n'avait même pas pensé à un nom pour elle et il était trop tard maintenant, elle se sentait trop fatiguée pour le trouver.

— Il faudra bien quand même la nommer !

— Cherche, Baron, je t'en laisse le soin. Le nom que tu lui donneras sera le bon, celui qui lui conviendra le mieux car déjà tu la trouves belle alors qu'elle me semble encore un affreux petit gripette, velue sur tout le corps et toujours le visage en grimaces. Comment, dis-moi, peux-tu la trouver belle ?

— Elle est velue, mais c'est un duvet qui ne durera guère, l'infirmière me l'a affirmé. Et puis, m'a-t-elle dit, tous les enfants grimaçent à la naissance parce qu'ils n'ont pas encore été repus, qu'ils ne discernent rien dans le flou des couleurs, faute d'un espace pour les démêler, et qu'ils n'ont pas encore vu sourire leur mère. C'est elle la Madone qui prévaut sur l'enfer, ce sera bientôt toi, chérie.

— Oh ! moi, fit-elle nerveusement, sans cette confiance en soi, cette détente et cette sérénité qui suivent les accouchements.

Le médecin avait dit à Baron, mi-affirmatif, mi-interrogateur, avec la façon de celui qui sait et en même temps qui ne sait pas, la façon curieuse et un peu équivoque que prend tout médecin qui rôde autour de quelque chose, qui cherche à savoir et qui ne voudrait pas qu'on sache que ce quelque chose lui échappe, il lui avait dit : « Votre femme est une artiste, une intellectuelle, en tout cas elle lit beaucoup », et Baron était resté si surpris que déjà le médecin lui parlait d'autre chose ; il demandait si une des grand-mères ou une tante viendrait l'aider dans ses relevailles.

— Je trouverai quelqu'un si ma femme en a besoin.

— Je n'ai rien affirmé de la sorte ; je vous ai seulement posé une question, simple curiosité, dit le médecin en s'en allant.

Il avait laissé Baron perplexe. L'infirmière le rassura : la mère et l'enfant se portaient à merveille et il allait pouvoir les ramener à la maison sans autre aide que la sienne quand le cœur lui en dirait, d'aider un peu. Quant au nom de sa fille, il n'y avait pas pensé plus que sa femme, assuré d'avoir un garçon à son image et à sa ressemblance. Sa femme d'ailleurs le lui disait et, avantageux comme il était, il ne demandait pas mieux que de la croire. S'il l'appela Rose-Aimée, du nom d'une de ses grand'-tantes qui avait laissé un souvenir de grande beauté et dont il ne savait rien de plus, ce fut peut-être à cause de ce sorcier de médecin qui lui avait parlé pour rien du tout et à propos de rien de grand-mères et de tantes. Le nom était gentil, sans doute très vieillot. Sa femme avait semblé l'accepter de bon cœur.

— On ne sait pas, dans vingt ans il sera peut-être revenu à la mode.

Elle n'en pensait pas moins au rosier sauvage qui avait obscurci sa chambre. Il lui aurait plu que Baron ait prévu un prénom pour sa fille ; il aurait montré ainsi qu'il pensait à elle. Elle avait su pour sa part qu'elle n'accoucherait pas d'un garçon, se taisant pour ne pas mitiger sa joie. « Après tout, avait dit le médecin, il m'arrive de me tromper, mais pas souvent, de moins en moins à mesure que je vieillis. » Il ne s'était pas trompé, elle avait accouché d'une fille nommée Rose-Aimée. Quand elle fut prête à retourner à la maison, ce médecin lui dit : « Ce qu'il faut à un enfant, ce n'est pas une mère qui joue du violon, une mère qui écrive des livres, c'est une mère qui soit une bonne p'tite vache affectueuse, du moins pour les premières années. »

Alors déconcertée par cet homme bourru qui lui voulait du bien, en qui elle avait confiance, elle lui demanda :

— Dites-moi, docteur, qui suis-je au juste ?

— Je n'en sais rien, possible aussi que vous ne sachiez pas grand-chose, mais cela n'a aucune importance : il ne s'agit pas du tout de savoir qui vous êtes. Si vous y tenez, achetez-vous le journal, vous y trouverez votre horoscope.

— De quoi s'agit-il alors ?

— Vous venez d'accoucher heureusement, Madame ; ce qui devait vous arriver est arrivé et je vous

17

trouve dans un état d'appréhension qui ne me dit rien de bon, comme si vous deviez donner un concert. Si vous n'en revenez pas, ce sera votre petite fille qui le donnera, le concert, et ses cris vous feront mal aux oreilles. Soyez plus calme, plus patiente, plus heureuse ...

— Mais je suis heureuse !

Oui, c'était-là chose entendue d'avance sur laquelle on n'avait pas le droit de revenir ; le médecin s'empressa d'en convenir, cachant son doute.

— Les jeunes dames sont si seules de nos jours dans leurs belles petites maisons de banlieue que je ne manque jamais de les prévenir des petites difficultés, des petits moments de découragement qui les attendent. C'est tout ce que j'ai voulu dire. Allez, faites de votre mieux, ma petite fille, et ce sera sans doute bien.

Tout alla assez bien pour un mois ou deux. Rose-Aimée profitait selon les normes ; elle restait seulement un peu criarde et souvent à de mauvais moments comme si elle avait pu, pauvre petit être sans discernement, les choisir pour indisposer sa mère. Celle-ci, prévenue contre elle-même, ne cessait de se redire que ce n'était pas possible ; elle restait quand même froide et crispée, et, tout en se conformant à son devoir, en faisant de son mieux, n'avait rien de la Madone. Par contre, quand il se trouvait à la maison, les cris de la petite enchantaient Baron : « Elle n'a rien d'autre à faire pour se manifester, c'est la preuve qu'elle est bien vivante et cherche à se faire une place dans la famille. » Il la prenait et la faisait boire ; il parvenait à la calmer plus aisément que la mère. Il vouait à l'enfant un amour ingénu que celle-ci lui enviait. Elle admettait qu'elle avait du mal à se relever : « Je ne dis pas ça pour t'inquiéter, je ne suis pas la seule femme à qui un tel ennui arrive, la prochaine fois je ferai mieux. » Baron admirait son courage. Il avait la meilleure femme et la plus belle petite fille au monde. Il se sentait vraiment comblé ; son exhubérance naturelle le rendait infatigable. C'est lui qui se levait, la nuit, pour le bébé, y mettant de la discrétion pour qu'elle ne s'en aperçût pas, mais elle, les yeux grands ouverts dans le noir, voyait tout, et quand le matin il venait l'embrasser au lit, après avoir déjeuné seul et fait manger l'enfant, maintenant rendormie, elle lui disait : « Ah ! Baron, Baron, que je t'aime ! » et elle avait pour lui peut-être plus d'admiration qu'au début de leurs amours ; seulement c'était une admiration plus distante et lucide. Quand il était parti, ce beau grand jeune homme, toujours bien mis sans ostentation, qui portait maintenant si bien son personnage de père et de mari, elle se retournait contre le mur et pleurait amèrement sur son indignité de mère et d'épouse. Sa honte allait si bien croissant que, tournée contre le mur, elle en vint à ne plus pouvoir pleurer ; elle restait les yeux secs, horrifiée.

Les mois suivants, les choses allèrent moins bien, plutôt de mal en pis. Les journées et les nuit devinrent insupportables, les nuits parce qu'elle ne dormait guère et souffrait de mettre son mari dans l'obligation de la remplacer dans ses devoirs de mère, la journée parce que ces devoirs-là lui étaient infiniment pénibles. Même si elle faisait de son mieux, elle n'arrivait pas à montrer de l'aménité à Rose-Aimée qui, de son côté, se mettait à crier rien qu'à la voir et qu'elle n'arrivait pas ensuite à rassurer. Dans son accablement, elle ne cherchait pas à la consoler comme une mère, seulement à la rassurer comme une étrangère qui s'applique à faire entendre qu'elle n'est pas une ennemie, et elle n'y parvenait pas ; alors le nez lui pinçait, les yeux lui sortaient d'angoisse et, devant le petit être épouvanté, elle s'épouvantait elle-même et s'entendait crier dans les cris de sa fille. Parfois elle sortait de la chambre en courant, allait se jeter dans un fauteuil du salon ; là, elle écoutait Rose-Aimée se calmer peu à peu d'elle-même. Ces crises achevaient de la briser. Elle avait un bref regain à l'arrivée de Baron. Elle lui préparait à souper et parfois mangeait un peu avec lui. Elle avait maigri, Rose-Aimée de son côté ne profitait plus guère. Baron, malgré son bonheur, commençait à s'inquiéter un peu. Quand sa femme ne mangeait pas avec lui, elle prétendait l'avoir fait avant son arrivée. Assise à table en face de lui, elle ressentait un tel besoin de lui parler qu'elle en perdait le goût de manger, mais elle ne savait trop quoi lui dire et le faisait parler, lui qui ne demandait pas mieux. Il parlait donc et mangeait à la fois, et elle le regardait avec la plus grande intensité, ne perdant rien de ce qu'il disait comme s'il allait lui annoncer des choses de la plus grande importance, des choses nouvelles ou très anciennes qui auraient été oubliées. Lui qui ne faisait que bavarder, il en était un peu gêné, tout avantageux qu'il fût, et lui demandait parfois :

— Qu'as-tu à me regarder ainsi, chérie ?

A quoi elle répondait le plus sérieusement du monde :

— Je t'écoute, va, parle : tu es mon prophète, Baron.

Et bientôt il n'osa plus lui poser la question. Parfois elle intervenait et toujours le faisait à propos. Baron avait fini par remarquer la pertinence de ses rares paroles. Peut-être était-elle, ainsi que le médecin l'avait déclaré, une artiste, une intellectuelle ? Il se le demandait, fier d'être son mari. Ouvrait-elle la bouche qu'il s'interrompait de manger pour l'écouter avec plus d'attention, mais immanquablement alors Rose-Aimée se mettait à pleurer et il se levait aussitôt en homme simple et naturel, plus sensible à l'appel d'une enfant qu'à la parole d'une épouse, fût-elle artiste ou intellectuelle. A vrai dire, cette parole l'intimidait ; il n'était pas tellement fâché de lui échapper. Elle restait longtemps à table pour l'attendre mais il ne revenait que pour de courts moments, finissait son souper en vitesse et parlait d'autres choses. A la fin il revenait pour desservir et faire la vaisselle. Alors elle se levait de table et allait se coucher, dédaignée et jalouse, pourtant heureuse d'entendre Baron s'affairer au ménage, surtout à Rose-Aimée dont il n'avait pas trop de sa soirée pour s'occuper. Il la faisait manger et elle ne crachait pas ses aliments comme elle faisait durant la journée ; au contraire elle mangeait avec une voracité étrange et il s'étonnait qu'elle ne profitât pas davantage. Le pédiatre avait dit : « C'est une enfant en parfaite santé ; seulement elle ne mange pas assez. » Baron ne pouvait pas deviner qu'elle ne

mangeait bien que le soir. Ensuite, quand il lui donnait le biberon, elle ne tardait pas à s'endormir, contente et repue comme un ange de Dieu ; il ne
pouvait pas deviner que toute la journée elle s'était
morfondue de rage et de terreur comme une pauvre
petite démone auprès de sa mère qui pourtant faisait
de son mieux et qu'elle remplissait d horreur, démasquée par elle, accablée de son impardonnable indignité.
Baron ne se trouvait même pas à manquer de sommeil
tandis que sa femme à côté de lui restait les yeux
ouverts ou ne dormait que par moments pour se ré-
veiller en cauchemar. Le jour, Rose-Aimée devenait
une autre enfant ; elle aurait voulu que son mari le
sût mais comment le lui aurait-elle appris sans avouer
en même temps son indignité ? Elle se taisait donc et
n'en pouvait plus de faire de son mieux comme le
médecin le lui avait conseillé.

Une nuit chaude de juin, par les fenêtres grandes
ouvertes le parfum des roses sauvages s'introduisit
dans la chambre ; elle s'en trouva suffoquée et secoua
Baron qui dormait profondément ; elle parvint à l'é-
veiller et lui dit :
— Ecoute, Baron, écoute-moi, je t'en supplie : je
suis à bout, à bout ! et ne saurais aller une seconde
plus loin.
Baron se leva machinalement, s'en fut auprès du
berceau de Rose-Aimée et s'en revint aussitôt se coucher en lui disant : « Pauvre chérie, tu t'es trompée :
elle dort comme un ange de Dieu. »

— Baron, dit-elle, tu ne comprends pas : il ne
s'agit pas d'elle ; c'est moi qui suis rendue à bout.
— Mais elle dort, ma pauvre chérie.
— Elle dort ! Elle dort ! mais moi, je reste les
yeux tout grands dans le noir.
— Tu ne dors donc pas ?
— Non, Baron, je ne dors plus.
— Mais pourquoi ne pas dormir, chérie ? N'est-ce
pas moi qui, chaque nuit, prends soin de la petite.
Je ne le fais que pour t'aider, parce que je t'aime, tu
le sais, chérie. Cela m'est d'ailleurs facile et je dors
aussi bien qu'avant, quand nous étions seuls. Mais si
tu n'en profites pas, si tu restes les yeux ouverts à
ne pas dormir, je ne t'aide pas beaucoup.
— Excuse-moi, Baron, j'ai des yeux secs et des
paupières qui ne peuvent plus fermer : ce n'est pas
de ma faute, je te le jure.
— Je n'en doute pas, pauvre chérie, mais ce n'est
pas de la mienne, non plus. Que pourrais-je faire que
je ne fais pas ? Te donner le biberon comme à la
petite, changer ta couche, te bercer parfois un peu ?
— Baron, cesse de parler ainsi, tu me fais mal :
je ne peux même plus rire ni pleurer.
— Ma chérie, ma pauvre chérie, tu es malade !
Pourquoi ne m'en as-tu pas parlé plus tôt ?
— Je croyais que c'était pour s'arranger.
— Mon Dieu ! Tu me rassures un peu. Tu es
malade, c'est bête, mais tu me rassures, ma pauvre
chérie. Moi aussi, je croyais que tout allait s'arranger,
mais les jours passaient, je remarquais que tu ne te
remettais guère et tu commençais à m'inquiéter.
— Excuse-moi, Baron.

— Chérie, veux-tu bien arrêter de t'excuser à tout moment ! Comme si c'était de ta faute ! Seulement moi, qui ne te savais pas malade, je devenais inquiet et n'osais t'en parler. Merci de me l'avoir dit, tout devient simple : tu verras le médecin et l'on fera ce qu'il faudra. Tu iras à la mer si le médecin l'ordonne.

— Pourquoi pas à San Francisco ? Non, Baron, je ne te quitterai jamais.

— Chérie, ce n'est pas le moment de décider si nous irons à la mer ou non. Commençons par le médecin. Je lui téléphonerai dès demain, veux-tu ?

Elle voulut. Le médecin la vit et lui dit qu'assurément elle avait fait de son mieux et que c'était peut-être parce qu'elle avait tenté de trop bien faire qu'elle était ainsi nerveuse, tendue, insomnique.

— C'est peut-être de ma faute, d'autant plus que j'étais bien intentionné et ne pensais qu'à votre bien. Vous étiez fébrile comme une artiste à l'approche d'un concert, j'ai voulu empêcher que votre fille le donne à votre place.

— Elle me l'a quand même servi. Le jour, elle ne veut même plus avaler ce que je lui mets dans la bouche : elle me le crache au visage. Le pédiatre dit qu'elle est en parfaite santé mais sous-alimentée. Qu'en serait-il, Seigneur, si elle n'avait pas son père ? Avec lui, le soir, elle mange comme une petite ogresse.

— Une mère et sa fille finissent toujours par s'affronter, mais dans votre cas c'est peut-être prématuré. Elle pressent votre fatigue et votre angoisse ; elle en profite, si je puis dire, même si c'est à son détriment. Quels curieux animaux nous sommes ! Il faut dormir, Madame, vous vous sentirez bien dans votre peau et votre fille se sentira mieux dans la sienne. Peu à peu de la sorte vous finirez par vous accorder. Votre mari vous est d'un grand secours. Je vais seulement vous prescrire des cachets pour dormir.

A Baron qui lui avait demandé de rendre compte, le médecin dit à peu près la même chose, se gardant toutefois de mentionner le combat qui opposait la mère à la fille.

— Il se peut que le bon sommeil répare tout. Essayons une couple de semaines. Actuellement je ne trouve rien de grave. Dans une quinzaine, si les choses ne sont pas arrangées, il sera toujours temps soit de mettre l'enfant en nourrice, soit d'hospitaliser votre femme.

La première nuit, elle dormit profondément. Au matin, quand, après avoir fait manger Rose-Aimée, il alla l'embrasser dans son lit avant de partir, elle lui dit : « Ah ! Baron, c'est merveilleux, je me sens revivre. » Et Baron s'en alla à son travail, radieux, mais pas plus rassuré qu'il n'en fallait car au fond de lui-même il devait convenir qu'il n'avait jamais vraiment été inquiet. Dans sa maison d'affaires, il plaisait à tous, d'une nature trop généreuse pour avoir un comportement différent avec ses subalternes et ses supérieurs. Il n'en occupait pas moins son poste correctement. On savait qu'il deviendrait manager et monterait sans doute très haut dans la hiérarchie. Il le savait de même et cela lui donnait une aisance qui correspondait à ses dispositions. Durant la journée il eut à discuter de l'opportunité d'un placement avec un vieux financier de la maison, fort de sa vaste expérience tandis que Baron l'était par une information précise ; ils se complétaient l'un et l'autre et se quittèrent tous deux contents d'eux-mêmes. A dîner, Baron mangea en compagnie d'un Acadien, toujours avenant et l'humeur comme un bouchon qu'on ne cale pas qu'il ne remonte aussitôt à la surface, qui n'avait que le défaut d'être trop humble, porté à minimiser tout ce qu'il faisait, en quoi il différait de Baron, toujours avantageux. Ils se recherchaient sans doute par amitié et, chose curieuse, ce n'était pas l'Acadien qui demandait conseil à Baron, mais Baron à l'Acadien. Ils étaient à peu près du même âge et mariés tous deux. Leurs femmes ne se connaissaient même pas.

Quand Baron rentra, le rosier sauvage était justement au plus fort de sa floraison. Il s'attarda un peu dans l'auto, les phares éteints, à voir reparaître dans l'ombre une lueur pâle à la place de chacune des petites fleurs blanches, mais quand il se décida enfin de descendre et d'aller vers la porte, leur parfum ne le retint pas ; il entendit les cris de Rose-Aimée et courut dans la maison pour y trouver le plancher de la cuisine jonché d'aliments et au milieu de la pièce, juchée dans sa chaise haute, la petite avec les paupières toutes tuméfiées, lui bouchant un œil, qui, d'une voix éraillée, hurlait de faim et de détresse. Baron, sans se demander ce qui était arrivé, s'empressa de consoler Rose-Aimée ; il avait déjà ouvert la boîte de conserve et mis à réchauffer le mélange de compote de pommes et d'abricots dont elle raffolait ; ce serait bientôt prêt et en attendant il appliquait une compresse humide sur l'œil tuméfié et disait : « Voyons, Rosette, ma Rosette, ma petite Rosette, ce n'est rien, ce n'est rien du tout, » quand il entendit le bruit d'un hoquet qui provenait de la chambre ; il prit la petite dans ses bras et descendit en courant : sa femme, le visage livide, ne parvenant plus à respirer, n'ayant que par moments un hoquet, et l'intervalle entre eux semblait interminable : sa femme se mourait, il n'en pouvait douter et ne savait trop que faire pour la sauver ; il téléphona au médecin, par chance il le rejoignit ; le médecin lui dit qu'il envoyait l'ambulance :

— Mais vous, docteur, vous ne pouvez pas venir ?

— Les ambulanciers seront plus utiles ; ils pourront lui donner de l'oxygène. Moi, je me rends directement à l'hôpital. Le temps presse. Le temps presse. Il faut dans les plus brefs délais possibles lui faire un lavage d'estomac. Ce sont les maudites pilules que je lui ai données pour dormir...

Le médecin raccrocha. Baron ne savait que faire. Rose-Aimée s'était remise à crier. Il courut à la cuisine, en rapporta les compotes, se mit en frais de la faire manger. A la première cuillerée la petite hurla de douleur. « Rosette ! voyons, Rosette, ce n'est rien : la compote seulement est trop chaude, il suffit de la faire refroidir. » Pendant que les compotes refroidissaient, Baron nettoya la bouche de sa femme avec une débarbouillette, le plus loin qu'il put, jusqu'au fond de la gorge. Les hoquets continuaient de se succéder à des intervalles désespérants ; chacun d'eux semblait le dernier jusqu'au prochain ; ils témoignaient d'un vain effort pour respirer ; ils n'aspiraient pas d'air ou si peu ; sa femme restait étouffée ; il essaya de lui donner la respiration artificielle comme il avait vu faire à la télévision, bouche à bouche ; les lèvres de sa femme étaient froides, sa bouche se refusait à la sienne ; il fit de son mieux, nullement sûr de bien faire. Rose-Aimée criait. Les compotes avaient refroidi. Il réussit à lui en faire avaler une cuillerée et vitement remit sa bouche sur la bouche de sa femme. En soufflant très fort, il se produisit un rot qui lui donna l'impression d'avoir introduit de l'air dans ses poumons ; en réalité cet air avait pénétré dans l'estomac par l'œsophage. Quand Rose-Aimée criait trop fort, il lui donnait une cuillerée de compote, puis il se remettait à son lamentable pompage ; la bouche froide de sa femme s'y refusait avec dédain ; il sentait parfois la petite secousse de son hoquet. Enfin l'ambulance arriva. Sa sirène aïgue ne s'arrêta, assourdie, que devant la porte. On se précipita dans la maison. Baron cria : « Descendez, c'est ici, en bas, dans la chambre. » Les ambulanciers du premier coup d'œil jugèrent qu'il était trop tard. Quand même l'un dit à l'autre de courir chercher l'oxygène. Celui qui resta, aidé de Baron, glissa la civière en dessous du corps de sa femme, l'y attacha, l'enveloppant en même temps d'un drap blanc et d'une couverture de laine rouge. Le compagnon revenu, on fixa le masque au visage livide. L'oxygène se mit à se répandre avec une petite odeur aigrelette. On s'empressa vers l'ambulance qui repartit à toute sirène vers l'hôpital. Baron avait pris place à côté de la civière. Il tenait Rose-Aimée contre lui et, quand il pouvait, il lui donnait une cuillerée du mélange des compotes d'abricots et de pommes. Elle ne pleurait plus et ne refusait pas le mélange même s'il était froid à présent. Baron n'osait pas regarder sa femme. La petite odeur aigrelette continuait de se répandre. Rendue à l'hôpital, la civière fut placée sur un chariot que vitement ou roula vers l'ascenseur. Baron resta seul dans le grand hall avec un bébé à l'œil tuméfié sur l'avant-bras gauche, tenant le pot de compotes de la même main, la cuiller de l'autre, et ne comprenant encore rien à ce qui venait d'avoir lieu.

Il n'y comprit d'ailleurs jamais rien. Quand on vint lui annoncer la mort de sa femme, il tenta de la nier parce qu'elle ne lui semblait pas possible. Il fallut lui démontrer qu'elle l'était et même à cause de tous les cachets ingurgités, inévitable.

— Oui, bien sûr, si elle les a pris d'un seul coup, mais pourquoi les aurait-elle pris, je ne me l'explique pas.

— Parce qu'elle se sentait indigne.

— Pourquoi indigne ?

— C'était à cause d'une dépression comme il en survient parfois après les accouchements. On aurait peut-être dû lui donner des électrochocs...

— Des électrochocs ?

— Oui, des électrochocs, c'est le meilleur traitement, mais la maladie était masquée, il n'y avait pas moyen de la reconnaître. Quand elle s'est démasquée, il était trop tard.

— Dites-moi, demanda Baron, est-ce de ma faute ?

On se récria qu'il n'y était pour rien. Là-dessus on fut très catégorique. Il ne comprit pas. Cela le dépassait qu'une jeune femme mourût et que son mari en fût complètement innocent. Il ne le crut pas. On cherchait à le disculper de toute évidence selon une vieille sagesse qui veut, quand un mal est arrivé, qu'on cherche à minimiser les pertes.

— Etes-vous sûr ?

— Je vous le répète :   absolument sûr.

Lui, il n'arrivait pas à se croire innocent. Non, il ne le pouvait pas. Et il aurait voulu poser d'autres questions, mais Rose-Aimée s'était remise à pleurer. Il rentra chez lui, il était tard, près de minuit. En sortant du taxi le parfum du rosier sauvage l'attendait, si fort qu'il lui parut malsain. Il fit manger Rose-Aimée, ensuite lui donna son biberon et repue, elle s'endormit. Alors il téléphona à son ami l'Acadien qui vint accompagné de sa femme chercher la fillette.

Son deuil lui attira beaucoup de sympathie. Tout le monde, dans la maison d'affaires, semblait s'être donné le mot pour le plaindre. Par politesse il devait en savoir gré à tout le monde, mais lequel des deux était le plus à plaindre, lui ou elle ? Ce beau grand jeune homme, toujours bien mis, soignant son apparence sans ostentation, toujours poli malgré son exhubérance, qu'elle avait appelé Baron et qui s'en était trouvé flatté parce qu'il s'avantageait de tout, eh bien ! pour la première fois se sentit affreusement désavantagé car le plus à plaindre des deux, de lui ou d'elle, ce n'était pas lui, c'était elle. Il en avait une conviction si profonde qu'il n'éprouvait même pas le besoin d'en parler. Cependant après les mois de deuil, les nuits de bon sommeil nombreuses et qui ne cessaient pas d'augmenter, sa peine s'amenuisa et devint si légère que n'ayant rien compris à la mort de sa femme, faute de s'incriminer, il se remit à en douter. Du moins il lui plaisait de penser qu'elle était heureuse, qu'elle voyageait de par le monde, séjournant surtout à Casablanca, et qu'elle l'avait peut-être abandonné. Mais il ne lui en voulait pas. Elle était partie, lui laissant la petite Rose-Aimée qui occupait tout son cœur. Quand Rose-Aimée deviendrait grande et l'abandonnerait à son tour, il irait peut-être la rejoindre à Casablanca.

Pour la première fois, après les funérailles, il s'était rendu chez son ami l'Acadien et sur place avait compris pourquoi celui-ci était si casanier qu'en dehors des heures de travail, malgré leur amitié, ils n'avaient pu se fréquenter et faire que leurs deux femmes eussent partagé leur sentiment ; c'est que cet homme et cette femme, si chaleureux et si modestes, avaient déjà quatre enfants auxquels ils attachaient plus d'importance qu'à la prunelle de leurs yeux, quatre petits bouchons de liège qu'on ne pouvait caler qu'ils ne remontassent aussitôt à la surface, incurablement heureux et qui, malgré cela, restaient avenants et respectueux. Baron retrouva Rose-Aimée, sa Rosette chérie, au milieu d'une fête enfantine, dans un état de joie et de bien-être comme il ne l'avait jamais vue, et il fut bien prêt de pleurer, mais déjà l'Acadien lui disait avec son accent chiac dont il avait un peu honte mais que Baron trouvait le plus beau du monde :

— Voyons, vieux, un de plus, un de moins, cela n'y a pas paru ; il n'y a pas de quoi éternuer, tout le plaisir a été pour nous, je t'en assure, et ma femme est là pour te le dire.

Rose-Aimée n'avait porté d'attention à son père que parce que celui-ci dans un grand élan s'était emparé d'elle, l'avait serré sur son cœur. En même temps, il avait remarqué que l'œil tuméfié, dont jamais personne n'osa parler, commençait à s'ouvrir. Et quand il l'avait remise au milieu des petits Acadiens, autant qu'on peut en juger d'un aussi jeune enfant, elle n'avait pas marqué le moindre regret. Il en était resté un peu surpris sous les yeux de son ami et de sa femme qui, eux, trouvèrent la chose bien naturelle et ne furent surpris que de sa surprise, la mettant au compte du désarroi. Cependant Baron n'avait pas manqué de remarquer que la famille était déjà à l'étroit et qu'on avait dû installer Rose-Aimée dans le tiroir ouvert d'une commode de la chambre à coucher des parents. Baron demanda s'ils ne connaîtraient pas dans les parages de Moncton, de préférence à la campagne, une famille qui serait disposée à prendre Rose-Aimée :

— Peu importe la pauvreté, pourvu qu'elle soit chaleureuse comme la vôtre. La pension que je servirai d'ailleurs l'aidera. Et ce sera pour longtemps, jusqu'à l'âge de dix ou douze ans. Alors je la mettrai sans doute au couvent.

— Mais elle deviendra une petite Chiacque !

— Je le souhaiterais, dit Baron, pourvu qu'elle soit heureuse et en bonne santé. J'ai décidé de ne pas me remarier.

Les Acadiens échangèrent quelques mots entre eux, revenus de l'étonnement où les avait jetés la décision de Baron.

— Il y aurait peut-être mon frère Patrick, resté sur le bien paternel entre Moncton et Memramcook ; il est de deux ans mon aîné et il a de jeunes enfants.

Et cela devint une habitude pour Baron que de prendre l'avion, à peu près chaque mois, de Dorval à Moncton. De là un taxi le conduisait auprès de Rose-Aimée, le seul amour de sa vie. En moins de deux heures, de la sorte, il était rendu. A Montréal, il n'avait pu se défaire de son joli bungalow de banlieue. Après l'accouchement de sa femme, il avait appris à faire le ménage, de plus cuisiner l'amusait. Il y vécut seul pendant près de dix-huit ans. Ainsi ses soirées étaient occupées. Jamais il n'eut besoin que de l'aide d'une femme de ménage, deux fois par semaine. Et le bungalow semblait parfaitement entretenu en prévision du retour de Rose-Aimée. Il ne cessait de penser à elle. En plus de l'aller voir chaque mois, à un âge où elle savait à peine parler, il commença de lui envoyer des lettres écrites de sa haute et ferme écriture, d'abord des manières de contes, puis des rapports de ses journées dans sa maison d'affaires ; il y parlait beaucoup de son ami l'Acadien, donnant des nouvelles de la famille, de sa femme et de tous les enfants dont le midi, à dîner, il ne manquait jamais de s'enquérir, qu'il connaissait tous de leur nom de sorte qu'une fois, après les vacances d'été, l'Acadien qui était allé chez son frère, lui dira :

— Sais-tu, Baron ? Mais nous avons niaisé quand il s'est agi de faire part de nos nouvelles ! Patrick et sa femme nous écoutaient poliment, mais d'un air ironique, et il leur arrivait de nous reprendre sur les détails.

Et l'Acadien était ému par l'amitié que lui vouait Baron. Maintes fois, il avait insisté pour l'inviter à la maison ; chaque fois Baron avait décliné et l'Acadien à la longue avait fini par croire que Baron entretenait discrètement une liaison avec une jeune femme, ce qui lui avait paru tout ce qu'il y a de plus normal chez un beau grand jeune homme bien mis, poli et prévenant en dépit de son exhubérance naturelle, et dès lors, par discrétion, il n'avait plus osé insister, d'autant plus que Patrick, un peu inquiet de perdre Rose-Aimée, avait écrit à son frère que Baron, une fois, était venu avec une admirable fille, bien faite et distinguée, et qu'ils formaient ensemble un couple exceptionnel. Pourtant Baron restait fidèle à Rose-Aimée. Dans ses lettres devenues plus fréquentes, parfois même quotidiennes, il rendait compte de sa journée dans la maison d'affaires où couché tôt, frais levé, il était un employé remarquable, où il avait encore obtenu de l'avancement de sorte qu'il y était devenu déjà quasiment manager de la succursale à Montréal ; il ne restait au-dessus de sa tête qu'une couple de vieux bonshommes devenus incompétents et inefficaces qu'on ne gardait que par égard pour leur ancienneté et les bons services qu'ils avaient déjà rendus à la Maison. On savait gré à Baron de ne pas les déranger et de les laisser dans leur semblant d'autorité aller vers la retraite ou vers la mort.

Quand arrivait le mois de juin, l'époque de la floraison du rosier sauvage, ce beau grand jeune homme dans la force de l'âge, qui avait l'aisance et la hauteur que confère l'exercice de l'autorité, devenait encore plus follement passionné pour sa fille et c'est dans cet état qu'il était parti une autre fois pour le pays chiac. Il y avait bien eu un déménagement; Patrick ayant trouvé à vendre le bien paternel entre Moncton et Memramcook, était allé s'établir à Cocagne, un peu plus loin, à trois milles de Shédiac, sur une belle terre, mieux bâtie que la première, le long de la rivière de Cocagne qui descend vers la Grand'baie, laquelle fait une échancrure dans la Côte d'or, ainsi qu'on nomme le littoral du Golfe dans le voisinage de Shédiac sans doute à cause de sa belle plage de sable blanc. Ce n'en était pas moins dans le pays chiac, même que c'était dans ce qu'il a de meilleur.

Baron avait l'habitude de voyager sur un appareil Viscount, petit, souple, silencieux, à qui il arrive seulement de faire des piqués dans les poches d'air. Cette fois-là, à cause du grand nombre de passagers, il voyagea sur Vanguard, il eut l'impression d'un très vieil avion, car il vibrait de toute sa carlingue. Il se dit qu'il forçait ses moteurs pour monter et qu'ensuite, son altitude atteinte, le bruit de ses vibrations cesserait et qu'il se laisserait flotter tout uniment. C'était par une fin d'après-midi nuageux avec çà et là des trouées de ciel bleu. En haut cette disposition se renversa pour donner un plancher de nuages blanchis par la lumière avec çà et là des aperçus d'une campagne assez lugubre, tombée au fond d'un puits, avec ses terriens dérisoires qui se faisaient un monde d'un espace réduit et trompeur dont le mauvais temps, qui les affligeait peut-être, ne correspondait pas du tout à celui dont on jouissait avec un peu plus d'envergure.

— De bien petites gens, dit Baron à sa compagne, une forte jolie jeune femme, de belle taille et de maintien noble, un peu roussette avec les cheveux presque bruns, qu'il n'avait pas regardée avant de lui parler mais dont il avait flairé l'odeur de propreté, odeur presque fauve malgré tout, sans rien d'artificiel, qui l'avait incité à lui parler.

— C'est vrai, dit-elle, ils font pitié.

A ce moment, Baron perçut une autre odeur qu'il n'avait pas l'habitude de discerner, une odeur familière qui lui parut étrange et nouvelle, ce n'était pourtant que celle de la cigarette. L'avion avait fini son ascension. Une voix limpide, sans doute un peu apprise, peut-être une voix d'ange, annonça par le truchement d'un fluet haut-parleur qu'on était dans un avion Vanguard d'Air-Canada qui filait à l'altitude requise à plus de quatre-cents milles à l'heure en direction de Moncton. Elle reprit son annonciation en anglais, après l'avoir dite en français. Elle ajouta :

— Nous espérons que vous ferez un agréable voyage.

Puis à l'odeur de la cigarette vint s'ajouter celle de la popote, du congelé qu'on s'empressait de réchauffer pour le servir à tous avant Moncton. Même au-delà des nuages, à l'altitude radieuse des anges, l'espèce retrouvait ses aises dans sa vulgarité foncière. Ce fut du moins l'impression de Baron après avoir perçu l'odeur de la jeune femme. Il y avait tant de mois qu'il vivait en veuvage, possédé par sa fille Rose-Aimée, sans autre intérêt féminin, que cette odeur-là lui avait paru exquise au-dessus des vulgarités de l'espèce, et pourtant, pourtant l'espèce ne commençait-elle pas par elle ?

— Comment, reprit-il en parlant des gens de la terre, parviennent-ils à respirer dans leur bas-fond ?

Elle ne répondit pas, se contentant de tourner vers lui son visage où il y avait de la douceur, de la pitié, de la tristesse et une ironie joyeuse. Il avait le goût de parler. Il se présenta et, sans attendre que la jeune dame en retour déclinât ses noms, prénoms et lieu de domicile, comme s'il n'en avait aucune curiosité et se tenait content de son incognito, il se mit à parler des vibrations de l'avion qui lui rappelaient celles des anciennes auto-neige Bombardier.

— Je me trouvais en Gaspésie ; c'était des véhicules indispensables qui semblaient se donner un mal de chien, qui résonnaient comme des caisses de tambour pour n'avancer que très lentement.

— Où allez-vous ? lui demanda-t-elle. Je vous semblerai peut-être indiscrète, mais voyez-vous, je rentre à Terreneuve, mon pays, tandis qu'il est évident que vous n'êtes pas un homme des maritimes : c'est la raison de ma curiosité.

Il répondit à voix plus haute que d'habitude, avec une fierté évidente :

— Je m'en vais voir ma petite Rose-Aimée, elle est toute petite, elle n'a que trois ans, elle se trouve en nourrice chez de très braves gens, simples et capables de faire épanouir un enfant, à Cocagne, entre Shédiac et Bouctouche.

— S'y trouve-t-elle depuis longtemps ?

— Presque depuis sa naissance et j'entends l'y laisser jusqu'à l'âge de douze ou treize ans. Ensuite elle ira dans un couvent pour apprendre les manières et quand elle sera devenue une jeune fille aussi saine que distinguée je la reprendrai à la maison que je garde pour elle, où je vis tout seul en l'attendant. Du moins j'espère qu'il en sera ainsi, car depuis le départ de sa mère je n'ai plus l'assurance que j'avais ; je reste incertain et je fais de mon mieux.

Alors elle se tourna un peu plus vers ce beau grand jeune homme, bien elle mis mais sans ostentation, et elle lui dit, les yeux mouillés de larmes :

— Monsieur, j'ai de l'admiration pour vous.

Baron était avantageux sans doute à cause de son exhubérance naturelle, mais à propos de sa fille Rose-Aimée, qu'il aimait farouchement, de tout son cœur, il restait angoissé, plutôt malheureux. Il était prompt à parler d'elle, commençait haut et la voix lui baissait peu à peu ; il finissait piteusement. Il dit donc à la jeune dame qu'elle se trompait grandement et qu'il ne méritait pas son estime, faisant ce qu'il devait, tout simplement. Il était ému, il lui demanda son nom. La jeune femme répondit qu'elle portait un nom qui ne lui dirait rien mais qui à Terreneuve, particulièrement à Corner Brook, était notable.

— Hélas ! quand il y a eu une grève à Corner
Brook, une grève dont vous ne vous êtes sans doute
pas soucié à Montréal, mais qui a eu un grand re-
tentissement à Terreneuve, le rédacteur du journal
de notre petite ville favorisait les grévistes, mes parents s'opposaient à eux ouvertement, mais le pire
était que la compagnie affectée par la grève détenait
aussi le journal ; le rédacteur a été congédié, je l'ai
suivi à Toronto. Et puis j'en ai eu plein le dos de
Newfy's Jokes qu'on se raconte avec autant de plaisir
que les Pepsi Jokes ; je m'ennuyais d'ailleurs de mon
pauvre pays ; j'ai fait un séjour à Québec ; maintenant
j'y reviens ; mes parents m'ont pardonné ; ils s'expli-
quent même mon départ car hélas ! je porte un nom
qui ne peut avoir tort.

— Quel est votre petit nom, demanda Baron.

— C'est Ann, répondit la jeune femme.

Après s'être dit que l'avion vibrait parce qu'il
montait et se forçait, à la longue on s'était habitué
au bruit de ses vibrations. Puis la voix d'ange dans
le haut-parleur annonça qu'on passait au-dessus de
Frédéricton, capitale du New-Brunswick. L'avion avait
peut-être monté de Dorval à Frédéricton et était-il
passé fort près de la lune. Ensuite il descendit longtemps au milieu de sifflements d'ailes assez agréables et
toute vibration avait cessé. Il était tard. La jeune
dame se sentit fatiguée. Une correspondance l'attendait à Moncton pour Saint-John, d'où un autre avion
devait l'emmener à Corner Brook. Elle préférait ne
pas continuer. Par l'entremise de l'hôtesse, de l'avion
même, elle décommanda sa place, remettant l'achève-
ment de son voyage au lendemain ou au surlendemain :

elle aviserait elle-même la compagnie aérienne de la
date et de l'heure de son départ de Moncton. Il
était de même trop tard pour se rendre à Cocagne.
Ils partagèrent le taxi qui de l'aérogare les conduisit à
la Brunswick hôtel, ainsi désigné par le chauffeur acadien dans une langue spéciale, le chiac, qui emprunte
à l'anglais ses tournures de phrases et surtout son
accent tonique tout en gardant du français certaines
voyelles prononcées avec plus de pureté qu'au Québec,
déjà vestige du passé. Au comptoir ils prirent chacun
leur chambre. Baron s'enquit des heures de déjeuner,
car il tenait à partir le plus tôt possible. On lui fit
réponse que la salle à manger ouvrait à sept heures et
demie. Ils s'y trouvèrent à cette heure, le lendemain,
comme s'ils s'étaient donnés rendez-vous, le plus naturellement du monde. Elle avait dit l'admirer, mais
c'était lui qui l'admirait désormais pour sa noblesse,
sa franchise et sa beauté. Elle de son côté cherchait
peut-être à se faire aimer par un homme bien constitué
qui ne voulait plus aimer, mais peut-être avait-elle
des buts plus hauts et voulait-elle prendre parti contre
les divinités tragiques dont Baron lui semblait la vic-
time ? Peut-être aussi des buts plus bas et obéissait-
elle aux sourdes volontés de son sexe ? Elle avait sans
doute d'autres motifs. Chose certaine, à l'heure dite
elle était là, sans honte, presque majestueusement, et,
après déjeuner, Baron lui ayant offert de l'emmener
à Cocagne, elle avait aussitôt accepté comme si
c'avait été une chose par elle déjà décidée. Passée
le pont, non le p'tit mais le vrai pont du dit lieu, ils
avaient tourné à droite et suivi la route qui longeait
la lente rivière dont les eaux, sur le point de se jeter

dans la Grand'baie et par elle dans le Golfe, dans une mer intérieure mais déjà capricieuse, souvent agitée, tributaire du vaste océan au-delà de Terre-Neuve, soumis aux dieux perfides des vieux pays, dont les eaux, dis-je, s'étalaient et ne bougeaient guère comme si elles eussent voulu rester assujetties au bonheur acadien. Au bout d'un mille, ils furent arrivés. La maison venait d'être repeintre en rouge, en blanc, en bleu, des couleurs gaies qui disaient son appartenance mais surtout contrastaient joliment avec les verts et les ocres d'une prairie menacée par la mer toute proche qu'on ne voyait pas mais dont on pouvait deviner la présence par la complexité de l'air, parfois accru et corrosif, parfois velouté et plus doux, toujours imprégné de l'odeur du salin et des algues. Patrick venait à eux pour ouvrir la portière. Sa femme, déjà sur la galerie, ôtait vitement son tablier en voyant que Baron était venu en compagnie d'une jeune dame étrangère. Rose-Aimée, seule endimanchée au milieu des petits paysans, de poules et d'oies, jouait dans la cour sous la protection d'un grand jars qui s'approcha, menaçant, dès qu'il aperçut le taxi. Celui-ci reparti, pataud et triomphant il s'en retourna dans la cour rejoindre son petit monde, non sans le prévenir d'un cri bizarre que la sécurité était rétablie, qu'on pouvait continuer de jouer et de manger comme à l'accoutumée. Rose-Aimée accroupie avait remarqué la compagne de ce grand bel homme chaleureux qui de temps à autre venait la voir et qu'on lui disait être son père ; elle détourna le regard et se remit à creuser avec le bâton dont elle s'était fait un jouet, ce matin-là.

— Mademoiselle Ann Higgit, de Corner Brook.

Patrick la salua respectueusement pendant que sa femme descendait l'escalier de la galerie pour venir lui donner timidement la main et l'inviter à entrer se rafraîchir. Ann l'avait suivie. Patrick dit à Baron que le nom de Higgit lui était vaguement connu.

— De loin, cela se faut car nous sommes d'humbles gens et c'est un nom de renom. En tout cas Mademoiselle Higgit le porte bien, grandement jolie fille.

Baron alla dans la cour, prit Rose-Aimée et l'embrassa. Elle se laissa faire, bien obligée, puis voulut redescendre, s'accroupit et continua à jouer comme s'il n'était pas là.

— Je ne serions pas surpris si ce petit bout de femme était un peu jalouse.

Baron en effet n'était plus guère son père, quoi qu'on lui dît. Patrick la traitait comme ses autres enfants, c'était lui le père ; ils parlaient la même langue tandis que Baron parlait d'une autre façon ; il était d'une autre nation. Il s'en plaignit à Patrick qui trouvait qu'il n'en pouvait être autrement.

— Je serions plutôt sous l'impression que tu es déjà son beau cavalier. Et le cavalier, tu le sais autant que moi, est celui qui en bout de compte a la fille.

Rose-Aimée ne cessait pas de remuer la terre de la cour et ne détourna pas la tête quand Patrick et Baron s'en allèrent dans la maison. La femme de Patrick dit :

— L'air de la mer a ouvert l'appétit de Mademoiselle Higgit. Elle prendrait volontiers un peu de fricot acadien à la condition que vous l'accompagniez. Il est encore de bonne heure. Les enfants mangeront après.

Ann voulut aider à servir le fricot.

— Mademoiselle Higgit, j'en serais offensée. Vous êtes notre invitée. Allez plutôt vous asseoir avec ces messieurs qui n'ont plus rien à se dire depuis qu'ils vous ont vue.

Le repas fut bientôt prêt, suivi de celui des enfants qui retournèrent aussitôt après à leurs jeux, sous la protection d'un jars solennel. Baron n'osait plus se faire rabrouer et resta dans la maison à converser avec Patrick et sa femme. Le vent qui avait apporté la parfum des roses sauvages avait tourné sur l'avion qui l'emmenait de Montréal à Moncton. Maintenant il avait plutôt envie de s'en aller de Cocagne.

— Mademoiselle Higgit est sans doute une personne très distinguée, mais jamais je ne me remarierai.

— Pourquoi donc, pauvre Monsieur Baron ? dit la femme de Patrick. Pourquoi donc ? Vous êtes un beau grand jeune homme dans le meilleur de la sève de la vie et vous avez une bonne situation.

— Je ne me remarierai jamais, reprit Baron. Tout ce que je demande à Dieu, comme je l'ai déjà dit à Patrick, c'est que vous puissiez continuer d'être les parents de Rose-Aimée. Moi, je ne serai jamais que son cavalier lointain et fidèle.

— Mon pauvre Monsieur Baron, elle deviendra une petite Acadienne et vous êtes un Canadien !

— Il m'importe seulement qu'elle soit heureuse.

Dans la cour Rose-Aimée s'était mise à crier. On sortit. Mademoiselle Higgit était auprès d'elle, cherchant à la rassurer et n'y parvenant pas. La femme de Patrick la prit dans ses bras, aussitôt elle se calma. Remise par terre, elle recommença à jouer avec son bâton. On revint à la maison, Ann suivait la dernière et elle ne vit pas le jars, les ailes ouvertes, qui se précipitait à sa poursuite et lui donna un bon coup de bec au mollet. Elle cria de surprise plus que de mal, mais ensuite, cette jeune dame si belle, si simple, si noble, se mit à pleurer et courut la première dans la maison où Baron, Patrick et sa femme la rejoignirent, assise dans un coin et pleurant encore. L'Acadienne la pria de venir se rafraîchir.

— Cela vous aidera à reprendre vos sangs.

— Excusez-moi, fit Ann en la suivant.

Les deux hommes restèrent un instant en silence, puis Patrick ne put pas s'empêcher de dire :

— Un petit bout de femme et voyons-moi ça : elle crie pouilles déjà à celle qu'elle redoute... Voyons-moi ça !

Et Patrick ne cachait pas sa satisfaction d'abord par admiration pour le féminin, à cause d'une petite fille de trois ans capable d'être amoureuse au point d'en être jalouse, ensuite parce qu'il avait la vague idée que les Higgit, un nom pour lequel il avait respect par ailleurs, voire de l'amitié, faisant partie d'un peuple qui se refuse à penser qu'il a des ennemis et qui se trouve ainsi à s'opposer aux Canadiens, lesquels sont belliqueux et ne s'en cachent pas, la vague idée que les Higgit n'avaient pas toujours été propices aux Acadiens. Ann revint rassérénée, mais encore demandant d'être excusée :

— J'ai voulu jouer avec Rose-Aimée, mais dès qu'elle m'a eu aperçue à ses côtés, elle s'est mise à crier comme si j'avais voulu l'égorger. J'ai essayé de lui dire des mots français que j'avais appris en Angleterre et à Québec.

— Ma pauvre demoiselle, ce n'était pas là les mots qu'il fallait, des mots de notre patois ! Nos enfants sont bien à nous parce qu'ils ont peur des étrangers, qu'ils soient de Terre-Neuve, de Québec ou d'Angleterre. Ce n'est pas là très poli. Veuillez nous excuser ainsi que la petite Rose-Aimée.

— Mais le jars ? dit Ann Higgit.

— Ah ! fit Patrick, je ne pourrions point le jurer, mais je serions porté à croire qu'il fait partie de la famille.

Tous de rire à l'exception de Baron qui resta à part et réfléchissait en lui-même, d'autant plus distrait qu'il n'était pas ce qu'on appelle un homme de réflexion ; il le faisait laborieusement, à tàtons, comme un bel animal arraché à l'espace et plongé dans le temps, un peu comme le jars distrait de sa basse-cour, qui se serait mis à songer à ses antécédents et à son avenir dans le pays chiac, près de la mer rattachée au vaste océan par quelques goulots, à Cocagne, entre Bouctouche et Shédiac. Il pensait déjà à partir mais ne savait pas trop comment s'y prendre, n'étant plus libre d'aller et de venir à sa guise, sous l'emprise d'un système qui échappait à sa volonté, assez semblable à ce qu'on nommait autrefois le destin, qu'il appréhendait sans rien y comprendre et qui le contrariait visiblement. Ann Higgit, de Corner Brook, que sa famille à son grand désespoir avait envoyée parfaire ses études en Angleterre, avec le même désespoir que Rose-Aimée ressentira quand Baron l'arrachera au pays chiac pour la confier aux couvents, y avait quand même appris des choses que Baron ignorait ; elle l'aperçut tel un beau grand jeune homme des récits épiques qui, ingénu et naturel, croit agir avec simplicité alors qu'il se trouve pris dans une intrigue complexe et hélas ! fatale. De concert avec Patrick et sa femme elle avait ri un peu, mais ç'avait été par politesse, pour les remercier de leur tentative d'escamoter son invraisemblable affrontement, elle, grande et belle femme, parfaitement accomplie, avec une petite noiraude de trois ans, encore bébé comme avait dit l'Acadienne, affrontement où elle avait été vaincue, fuyant sa défaite pourchassée par un jars, les ailes déployées, qui l'avait rejointe et frappée au mollet d'un coup de bec, ô si durement ! d'un coup qui lui avait fait mal au cœur, qu'elle ressentait encore, qu'elle n'était pas prête à oublier. Elle-même, après sa révolte contre les dieux de Corner Brook, son aventure à Toronto dont elle revenait déjà humiliée, comment se faisait-il qu'elle se trouvait à Cocagne, à la suite de ce jeune homme qu'elle avait connu la veille, absolument par hasard, parce qu'il se trouvait à côté d'elle sur un avion Vanguard vibrant comme une vieille moto-neige de djobeurs ou de contrebandiers ? Oui, comment se faisait-il, à moins d'avoir été prise dans les filets d'une intrigue et d'un chasseur qu'elle ignorait ? Des trois, d'elle-même, de Patrick et de sa femme, elle fut la première à reprendre sa gravité, songeuse comme Baron et peut-être encore plus triste parce qu'elle avait quelques notions de mythologie et que, pour sa part, il n'avait aucune idée des vastes filets où les humains, braves et conséquents, se trouvent pris pour peu qu'ils veuillent mener librement leur vie. Baron se disait, puisque Rose-Aimée ne s'était pas laissée apprivoiser par Ann, qu'il avait commis un impair en amenant celle-ci à Cocagne ; il voulait repartir au plus tôt, sachant que la petite lui en garderait rancune aussi longtemps qu'ils resteraient. Ce qui le troublait le plus, c'est qu'il admirait la jeune femme de Corner Brook alors qu'avantageux, à proprement parler fat, il s'était laissé admirer par cette autre jeune femme qui avait été sienne et à laquelle il ne pensait pas, à cause de cet affreux mélange que font la mort et la jeunesse, sans répulsion, sans une profonde horreur, et il se demandait pour la première fois si Rose-Aimée n'avait pas été une enfant amoureuse dès la naissance, jalouse de sa pauvre mère avec qui elle se serait comportée comme avec Ann, l'usant peu à peu par ses cris et sa rage, finissant par la jeter hors d'elle-même, d'où cet œil tuméfié, d'où... Il se le demandait et n'en éprouvait que plus d'attachement pour sa fille. Le vent tournait de nouveau et jetait sur lui le parfum du rosier sauvage. C'était la première et dernière fois qu'il se faisait prendre à venir à Cocagne avec accompagnement.

— Mais, se dit-il, Rose-Aimée n'est pas jalouse de la femme de Patrick ?

O simple d'esprit qu'il était ! Il eut honte de s'être posé la question. La femme de Patrick justement était la femme de Patrick et non la sienne. Rose-Aimée dans sa basse-cour, au milieu de ses frères et sœurs acadiens, des poules, des oies et du jars, ne se doutait pas de son appartenance au pays chiac ; Patrick et sa femme étaient ses parents tandis que lui-même n'était qu'un être marginal et passager, non pas un père mais un beau cavalier dont on n'attendait rien qu'il fût fidèle. Dans ce cas, Baron aurait mieux fait de fuir et de ne plus jamais revenir à Cocagne. Seulement le pouvait-il ? Officiellement, lui, homme bien coté dans une maison d'affaires répandue sur tout le continent, entreprise concurrente à divers gouvernements, représentant l'officialité aussi bien qu'eux, il était le père et tout aussi amoureux de Rose-Aimée que Rose-Aimée l'était de lui... Il ne voulut plus penser à l'avenir et au malheur narquois et brutal qui les attendait tous deux ; il voulait repartir sans plus de délai avec cette noble jeune dame qu'il avait peut-être trompée et bafouée en l'amenant inconsidérément à Cocagne. Il dit à Patrick :

— Patrick, nous allons maintenant nous en aller. Mademoiselle Higgit doit prendre l'avion cet après-midi pour St-John et Corner Brook. Pas besoin d'appeler de taxi. Nous marcherons jusqu'au pont, cela nous fera du bien et sera agréable : la rivière est si belle à suivre. Au pont, nous trouverons un taxi.

Sans attendre de réponse, Baron sortit seul. Rose-Aimée jouait avec son bâton dans la cour. Il la prit dans ses bras, la pressa contre lui et la remit par terre à un endroit où elle ne voyait pas la montée allant de la maison à la route, rentra sans se retourner et s'excusa auprès de Patrick et de sa femme de ne pas les avoir avertis qu'ils n'étaient venus, Mademoiselle Higgit et lui, que pour un instant, en passant.

— Terreneuve est un beau pays, encore sauvage et très ancien, et Corner Brook une ville qui a de l'avenir, dit Patrick, peut-être sous l'impression que Baron allait y suivre Mademoiselle Higgit.

Lui et sa femme les reconduisirent jusqu'au bout de la montée. Ensuite la jeune femme et le jeune homme continuèrent seuls par la route qui allait les mener au pont de la rivière de Cocagne. Ils formaient un couple admirable.

— Rare, dit Patrick à sa femme.

Celle-ci, émue, aurait voulu les voir déjà mariés.

— Tu te trompes, c'est Rose-Aimée, ce cher petit bout de femme, qui a le cœur de Baron. Jamais elle ne le partagera avec personne, même avec une demoiselle Higgit de Corner Brook.

— C'est quand même dommage, dit la femme de Patrick.

— Je ne m'en faisons pas un grand chagrin.

— Patrick, tu n'as pas le droit de parler ainsi !

Patrick n'insista pas ; il était sans doute allé trop loin, comme cela arrive souvent à un homme. D'ailleurs d'un peuple poli et cordial, il avait oublié bien des choses et ne parvenait pas à s'expliquer son ressentiment contre la famille Higgit de Corner Brook qui avait des alliances dans toutes les Maritimes avec les notables Blue Nose.

— Le jars en sait plus long que moi.

— Patrick, tu te dégrades au rang des animaux et brûleras longtemps au purgatoire à cause de cela, parce que tu as de vilains coins dans ton cœur.

Quant à elle, pour Ann Higit elle n'éprouvait qu'amitié et respect, et même une affection très tendre.

Patrick n'avait jamais douté que sa femme irait tout droit au ciel. Quand il chantait l'Ave Mari Stella, l'hymne acadien, il ne pouvait s'empêcher de penser à sa femme. C'était une demoiselle Dignard de Caraquet qu'il avait connue à l'époque où il faisait la pêche, où la pêche rapportait bien peu ; il ne regrettait pas d'avoir été la chercher si loin et même s'il était devenu terrien, les senteurs de la mer toute proche ne cessaient de lui rappeler son bonheur. C'était un homme chaleureux et Baron, malgré tous ses malheurs, avait été quand même chanceux de le trouver, cet homme, pour lui donner Rose-Aimée en élève.

Ils trouvèrent un taxi au vrai pont de Cocagne qui les emmena à la Brunswick hôtel, en face de la gare, à Moncton. Il n'était que midi, il dinèrent ensemble et sortirent se promener de par la ville. Dans leur trouble, ils ne savaient pas du tout quand ils étaient, l'une pour continuer à Corner Brook, l'autre pour rentrer à Montréal. Ann se demandait si Baron deviendrait son amant et Baron se demandait s'il n'allait pas se rendre à son exhubérance naturelle et enfreindre l'interdit dont il avait été frappé. En attendant ils ne lassaient pas de vagabonder dans le vieux Moncton, une ville où pourtant, sur semaine, on ne voit jamais passer d'amoureux, soit qu'ils restent chez eux, soit qu'ils se véhiculent en auto, soit qu'ils se rencontrent dans les nombreux clubs privés. Les trottoirs ne servent qu'à des passants furtifs, pressés d'arriver où ils vont. C'est là le mystère du vieux Moncton qui tire sa beauté, d'autre part, de ses maisons de bois à nombreux pignons, toutes peintes en brun ou en jaune. De la Brunswick hôtel la Main street va vers le sommet de l'angle fermé que forme le Hall's Creek lorsqu'il se jette dans la rivière Petcoudiac. Au-delà de cette embouchure se trouve le quai de la Irving dont les audacieux pétroliers mettant à profit le refoule dans la rivière des hautes marées de la baie de Fundy pour y remonter jusqu'à Moncton et se délester de leur essence ou de leur mazout rapidement pompé dans les grands réservoirs aux alentours du quai, doivent la descendre ensuite avant le baissant, car ce n'est pas par elle-même une rivière navigable que la Petcoudiac. Plus loin de ce quai et de ces réservoirs la Main street devient la rue Champlain ou Maisonneuve, un nom de cet acabit avec le mot street en bas du mot rue ; on entre dans Dieppe, petite ville de la banlieue de Moncton où la plupart des gens sont Acadiens et qu'on doit traverser pour aller à Cocagne et Bouctouche, soit pour gagner l'aérogare. La première maison, sans parterre, sans jardin, faite carrée, sans pignon, dont l'extérieur boisé gris et noirâtre n'a pas été repeint depuis dix ans et plus si jamais il l'a été, témoigne d'une pauvreté qui ne cherche même pas à se cacher ; dans la fenêtre un écriteau : « Enjoy poutines râpées », et, en bas de cette réclame il est dit en anglais qu'on en trouvera céans à vendre le vendredi et le samedi. Les maisonnettes suivantes, parfois fort petites, plutôt entassées, soignent mieux leur apparence ; certaines s'élèvent au milieu d'un petit enclos dont les piquets et les traverses sont frais peints de couleurs criardes ; et il y a, bien sûr, à l'intérieur de ces enclos, sur le gazon tondu, quelques fleurs et des animaux moulés en plâtre.

Moncton, qu'on nommait Petcoudiac, n'a été long-temps qu'un hameau de moindre importance que Mem-ramcook, ce qui explique que l'Université Saint-Joseph, simple collège qui tenait son droit à l'existence de son affiliation à l'Université d'Oxford, en Angleterre, se soit d'abord établie dans ce dernier village avant de déménager à Moncton, de l'autre côté du Hall's Creek, où ses nombreux et vastes édifices n'ont pas été assi-milés par la ville et restent à l'extérieur, désignés par les notables sous le nom de Memramcook's University. Moncton a pris son essor au siècle dernier en deve-nant centre ferroviaire, cœur du CNR dans les Ma-ritimes. Par après Air Canada sur ce cœur greffa le sien au carrefour de Frédéricton, Saint John, Hali-fax, Sydney, du Newfoundand, de Summerside, des Maddalen Islands, de Chatam, faisant de Moncton la seule capitale possible dans l'éventualité de la réu-nion des quatres provinces de l'Est à laquelle se join-drait le comté des îles de la Madeleine, enlevé au Québec. L'Université a été bâtie dans cette éventua-lité, disproportionnée par rapport à la seule ville de Moncton et cause de tension, car le petit ruisseau que forme le Hall's Creek est un fossé profond, la ville restant farouchement unilingue anglaise et l'Université étant à peu près aussi française qu'à Sherbrooke à Québec ou à Montréal. Lors d'un voyage précédent Baron avait eu pour compagnon un notable et il parta-geait avec lui le taxi qui les ramenait de l'aéroport quand le notable lui avait montré, illuminée dans la nuit et dominant Moncton, la maison des étudiants élevée tout en hauteur et que le notable lui désignait avec une fierté mitigée comme étant la « tower of

Memramcook's University ». Baron, qui avait plutôt pour patrie sa maison d'affaires, s'était amusé un peu, peut-être parce qu'il pensait à la maison bleu-blanc-rouge de Patrick et à sa fille Rose-Aimée, et il avait dit au notable :

— Quoi ! vous les laissez s'instruire ? Vous allez avoir tantôt un « hard time ».

Le notable avait répondu à Baron sans la moindre conviction que le Canada était « a bilingual country ».

— Ah oui ?

Cette fois le notable n'avait pas répondu et ils avaient parlé d'autre chose. Baron ne s'intéressait pas à la politique et n'attachait aucune importance à tous ces conflits, malheureux résidus d'un passé qui lui échappait.

— Ce qui est fait est fait et ne peut être refait, disait-il à Ann Higgit tout en se promenant, mais la jeune dame ne partageait pas sa sérénité. La grève de Corner Brook l'avait profondément troublée. Elle était d'une vieille famille de notables et savait que ce qui a été fait tend à se perpétuer. Après avoir parcouru une bonne partie des rues du vieux Moncton, dont certaines d'ailleurs étaient fort courtes dans la pointe du triamgle formé par le Hall's Creek et la rivière, les rues Lutz, Mechanic, Pearl, Streadman, Orange Lane, Botsford, Alma, Archibald, Bonaccord, des noms qui étonnaient et charmaient le Montréalais plus que la Terreneuvienne, ils étaient entrés dans un banal et prétentieux restaurant afin de se rafraîchir, un restaurant sans doute tenu par un Grec, et Baron avait fait part de sa présomption à Ann en lui montrant sur les tablettes, faisant face au comptoir, des pamplemousses coiffant des verres. Pendant qu'ils buvaient à la paille leurs breuvages glacés, deux hommes résolus, grands, rougeauds, étaient entrés en parlant anglais et venus s'asseoir sur deux bancs voisins, au comptoir, et ils avaient commandé en anglais. La langue est dans la bouche, les Chiacs de Moncton ne se reconnaissent pas à l'œil, surtout s'ils parlent bien l'anglais. Ceux-ci le parlaient d'aisance et correctement, de sorte que Baron les avait pris pour des Blue Nose, mais bientôt il tendit l'oreille : les deux compagnons avaient baissé le ton et conversaient maintenant en privé dans un anglais rapide que Baron n'arrivait pas à comprendre. Intrigué, il devint plus attentif et que ne découvrit-il pas ? Qu'ils parlaient le français du crû à l'accent tonique anglais, avec des phonèmes fautives, disant on pour an. C'étaient deux authentiques Chiacs de Moncton qui ne se servaient de leur langue qu'à la sauvette, certains de ne pas être écoutés. Dès qu'ils perçurent l'attention que Baron leur portait, vite ils revinrent à l'anglais. D'ailleurs, écoutés ou pas, ils « souitchaient » d'eux-mêmes, sans solution de continuité, presque imperceptiblement, d'une langue à l'autre selon le sujet de la conversation. Le travail commande l'anglais. Leur famille, la chasse, la pêche commandent le chiac qui n'a plus du français qu'une partie du vocabulaire et une si jolie prononciation du i et du oi. Les femmes ? Tout dépend de laquelle, l'une ne se conçoit qu'en chiac et l'autre qu'en anglais. Baron fit part de sa découverte à Ann Higgit qui n'en fut pas autrement surprise car au Cap Breton on utilise le gaélique écossais dans les villes de la même façon.

— Les notables sont peu nombreux dans nos provinces, mais tout-puissants sur la place publique ; ils y font régner leur langue en même temps que leur loi.

Elle le disait avec noblesse et aussi avec une certaine incertitude, ne sachant pas, ayant appris à Toronto à en douter, si elle n'avait pas pris parti contre les siens pour témoigner par son désintéressement du leur alors qu'elle les savait terriblement intéressés, pour les défendre en somme et non par esprit de justice comme elle avait cru le faire d'abord dans sa belle révolte ; et ç'avait peut-être été aussi par amour pour ce journaliste avec qui elle n'avait pas pu continuer de s'accorder en Ontario. Elle avait fière prestance et pourtant en elle-même elle était toute meurtrie. C'est ainsi qu'elle était revenue de Cocagne. En même temps elle éprouvait une joie juvénile à marcher auprès de Baron dans les rues de Moncton, préférant s'intéresser aux choses de la ville qui semblaient l'intéresser pour rester avec lui le plus longtemps possible, appréhendant les choses de son cœur, leur refusant parole de peur qu'elles ne viennent tout gâcher, le renvoyer, lui, à Montréal, elle à Corner Brook. Elle ne demandait presque rien, suspendre le cours de sa vie encore pour quelques heures, pour un jour ou deux, à Moncton qui se trouvait à être le seul endroit au monde où elle pouvait rester près de Baron, et Baron pensait comme elle, heureux du répit et trop content qu'une rue pût se nommer Lutz, Mechanic, Orange Lane pour se douter qu'elle ne menait nulle part.
part.

Après s'être rafraîchis, ils décidèrent de franchir le Hall's Creek et de s'aventurer sur le campus de l'Université. Ils rencontrèrent des jeunes gens qui se promenaient en causant ou qui, plus pressés, leurs livres sous le bras, allaient d'un édifice à l'autre. Il leur sembla que tous ces jeunes gens parlaient français et qu'ils le parlaient correctement, avec aisance, sans se cacher. Le Hall's Creek n'était pas seulement un petit ruisseau mais un fossé profond, quasiment infranchissable. Comment pouvait-on passer d'une ville où les Acadiens étaient supposés représenter le tiers ou la moitié de la population, où l'on se cachait pour parler chiac entre compatriotes, où les places publiques étaient résolument unilingues anglaises, où il ne se disait pas un seul mot de français même à la succursale de la maison Eaton, à ce campus universitaire qui ne se distinguait pas beaucoup de celui de Laval, à Québec ? Cette vaste université, ne reposant sur rien, sembla à Baron quelque peu onirique, un lieu illusoire, en tout cas artificiel. Ann était en partie de cet avis, sachant que dans les îles anglo-normandes le français avait fini par n'être plus parlé que par les avocats et la magistrature, incompris du public, et que cela avait entraîné une réforme judiciaire, après quoi plus personne n'avait parlé français.

— D'autre part, avait-elle fait remarquer à Baron, ces étudiants viennent de tous les points de l'Acadie. Il se pourrait qu'en beaucoup de ces points elle soit tout autre qu'à Moncton.

— Il y a quand même dans tout cela quelque chose que je n'aime pas.

Ann lui demanda s'il était nationaliste.

— Ah ! dit Baron, je n'ai rien à vous cacher, mais c'est devant vous seulement que je l'admettrai. Si le Québec obtenait sa quasi-souveraineté, ma maison d'affaires qui n'a rien d'une entreprise irrationnelle, se convertirait au français du jour au lendemain et j'obtiendrais mes avancements, que de toute façon je finirai par avoir, un peu plus vite. Deux langues complètes ne peuvent pas se compléter et se nuisent quand elles occupent un même territoire. C'est pourtant une question réglée entre la France et l'Angleterre depuis la guerre de Cent-Ans.

Ils entrèrent dans une faculté et trouvèrent dans le hall deux garçons timides et polis à qui Baron demanda leur nom. Le premier se nommait Cormier, Francis Cormier, et il était originaire du Bouctouche.

— Acadien ? dit Baron en riant, croyant la question superflue.

Il s'entendit répondre :

— Non, Monsieur, je me considère un Canadien français.

A quoi le second, un nommé Belliveau, qui n'avait pas dit d'où il venait, ajouta :

— L'Acadie, Monsieur, c'était pour nos pères.

A la même époque, au Québec, de Canadiens français on devenait Québécois, ce qui obligea à écrire le mot de deux façons, Québécois pour désigner son compatriote, Québecquois pour distinguer l'habitant de la ville de Québec, et ce changement d'indentification était considéré comme un « phénomène majeur par rapport au rôle de l'Etat et aux relations avec le monde extérieur », ainsi que l'avait écrit un sociologue.

Toujours un peu en retard, ces pauvres Acadiens !

— Ce que je n'aime pas, dit Baron en sortant, c'est qu'ils se trouveront en troisième et en se donnant plus de mal, après les diplômés de Dalhousie et de Fredericton, sur le marché du travail. Il leur faudra de dix à vingt générations pour devenir anglophones tandis qu'un Italien, son contrat passé, sa langue vendue au prix de la citoyenneté canadienne, le devient en deux ou trois générations.

Ce qui n'empêchera pas Baron de dire au chauffeur, un vieil Anglais renfrogné, la casquette résignée, quand ils prirent un taxi pour rentrer à Moncton :

— M'est avis qu'il va falloir apprendre le français bientôt.

Steve Robinson, c'était le nom du chauffeur, lui répondit simplement :

— I am too old.

Descendus de voiture au coin de Saint-George et de Lutz, Baron dit à Ann Higgit : « Voilà la raison pour laquelle je me garde bien de m'afficher nationaliste ; il y a pas mal de gens dans ma maison d'affaires qui sont trop vieux comme ce bonhomme, d'autant plus hargneux qu'ils le sont prématurément... Vous allez sans doute me mépriser un peu, Mademoiselle Higgit ?

Ann ne répondit pas et resta songeuse. Sans doute pensait-elle à ce journaliste chassé de Corner Brook à cause de ses principes et qu'elle avait suivi à Toronto. Il n'y était pas né natif comme elle. Ses parents venaient d'Angleterre, il était né à Verdun et tout en poursuivant des études de génie à McGill il avait collaboré à la *Gazette* de Montréal, si bien que, devenu ingénieur, il était venu prendre charge du journal de Corner Brook. A Montréal, ses seuls amis avaient été français et le plus cher d'entre eux se nommait André Pouliot, dont on avait publié les poèmes après sa mort sous le titre de Modo Poliotico. Assez curieusement, il n'était jamais parvenu à parler le français. Dès son installation à Corner Brook, il était tombé amoureux de Terre-Neuve. Après trois ans, il était au courant de tout ce qui s'était passé sur la grande île ancienne et sauvage. Son sentiment ne lui apprenait plus rien et ç'avait été peut-être pour le revigorer de nostalgie, pour pouvoir réfléchir à distance et peut-être écrire un livre qu'il avait pris prétexte de la grève pour s'en aller de Corner Brook. Ann se demandait à présent si leur désaccord ne venait pas de là, de ce qu'elle n'avait aimé en lui que l'intransigeance des principes alors qu'ils n'auraient été que très secondaires. D'ailleurs elle ne regrettait rien de son séjour à Toronto ni de son passage à Québec ; elle avait l'impression d'y avoir beaucoup appris, assez pour jeter dans le doute la jeune fille simple et glorieuse qui avait rompu avec les siens un peu comme ils étaient, simplistes et glorieux.

Ils étaient entrés dans une petite binnerie tenue par une dame Cyr, où pour cinquante cents ils avaient eu chacun une poutine râpée. Ann n'avait pas achevé la sienne qu'elle disait :

— Seigneur ! je n'aurai plus faim pour souper.

— J'ai réfléchi à la question, disait Baron, sans doute parce qu'un jour Rose-Aimée me la posera et voici ce que j'ai trouvé : dans ce vaste continent que l'Europe réunie sous le commandement de l'Angleterre a rapidement conquis contre l'Asie, où les peuples amérindiens amicaux ont été voués au génocide brutal, soit à l'ethnocide sournois et tout aussi efficace, où le vainqueur garde le besoin de perpétuer ses instincts racistes, de prolonger l'ethnocide aux dépens des immigrants européens, des Québécois, des Acadiens, sans prendre garde qu'il crée ainsi sans cesse des Américains plus monstrueux que lui-même, il n'est jamais méprisable de lui résister, dut-on employer pour survivre des ruses qui n'ont rien de glorieux, je l'avoue.

— Que pensez-vous du bonhomme Irving, demanda Ann.

— Du bien et du mal. Sans doute a-t-il enrichi d'abord son pays de l'Est, qui était pauvre et en avait besoin, et cela est bien. Ensuite, devenu si riche lui-même qu'il a besoin de se cacher comme un pestiféré, cela est mal.

— Dans ses retraites, dit Ann, il lit la Bible.

— Quelle infamie !

— L'infamie de tous les puritains de Nouvelle-Angleterre devenus milliardaires.

Elle n'ajouta rien, évoquant rapidement le Hawthorne de *la Maison aux sept pignons*, de *la Lette écarlate*, de tant d'horreur et de tant de noblesse, d'une grandeur tragique dont elle restait possédée. Elle pensa peut-être aussi à cette belle nouvelle de Gobineau qui se passe à Terreneuve et célèbre une famille semblable à ce qu'était la sienne.

Elle dit :

— Si nous allions assister à l'arrivée du *Tibal Bore* ?

Le phénomène n'avait lieu qu'une heure plus tard. Un petit parc entre la Main Street et la rivière, nommé Bend View Court, servait d'observatoire. Ils s'y rendirent lentement. Baron qui n'en revenait pas de son admiration pour les grandes maisons de bois à pignons, austères et orgueilleuses, peintes en brun ou en jaune, s'arrêtait pour en faire des plus belles un rapide croquis.

— Ann ! s'écria-t-il, en voilà une qui a bien six pignons ! comptez vous-même.

Elle les avait, en effet. Un de plus, et ç'aurait été la maison du roman de Hawthorne. Celle-là, Baron s'appliqua à la dessiner mieux que les autres, du milieu de la rue déserte.

— Pauvre ami ! dit Ann, vous ne semblez pas savoir ce que ce sont des maisons de conquérants.

— Que m'importe ? fit-il. Elles sont d'une telle beauté !

Au bout de la rue Saint-George oblique qui va rejoindre la Main Street, ces vieilles maisons subdivisées en de nombreux loyers, mal entretenues, devenaient des manières de taudis. Parfois une bande d'enfants acadiens, comme des oiseaux, avec des cris joyeux traversaient devant eux la chaussée interdite. Ils étaient dans tout Moncton les deux seuls amoureux à vagabonder de par les rues. A part quelques passants furtifs, frôlant les murs et se hâtant pour rentrer, les seuls badauds rencontrés étaient des policiers faisant leur ronde qui les dévisageaient et ensuite qui se plaquaient dans une entrée pour les regarder continuer. Ces fantassins étaient en général d'âge mûr, d'un air qui ne semblait pas particulièrement intelligent, au demeurant peu inquiétant. Appointés par la municipalité, Baron ne savait pas qu'ils exerçaient leur surveillance sous le commandement d'un corps d'élite peu nombreux et motorisé, en l'occurence celui de la Gendarmerie Royale.

— C'est curieux quand même, disait-il à Ann, on dirait d'une ville où les piétons sont traqués, où la loi martiale serait proclamée à demeure.

Un peu avant d'arriver au Band View Court, il y a dans la Main Street le vieil édifice où l'on publie le quotidien *Evangeline* du nom de la pâle vierge de Longfellow qui ne s'est jamais remise de son dérangement et qui ne s'en remettra sans doute jamais. C'est le journal national des Acadiens. Il ne tire qu'à dix mille, quatre mille pour le pays chiac, quatre mille pour le pays cayen, au nord-est, dans les parages de Tracadie, de Chipâgan et de Caraquet, et deux mille seulement pour le pays brayon qui n'est pas très convaincu d'être acadien et lit surtout *le Soleil* de Québec. Ce jour-là *Evangéline* publiait une nouvelle parue à Montréal la semaine précédente : « Plus on est intelligent, plus on a d'enfants. » Le retard se trouvait compensé par la place que le journal accordait à l'élucubration d'un psychologue américain : cela devenait une grande nouvelle.

La baie de Fundy finit cornue. La corne du nord, nommée Chignectou comme l'isthme qui relie le Nouveau-Brunswick et la Nouvelle-Ecosse, se dédouble à son tour en deux extrémités ayant forme l'un d'un pouce pointé vers l'est — c'est Beaubassin rebaptisé Cumberland Bay et auquel s'aboute la petite rivière Mésagouèche, frontière des deux provinces — l'autre un index dressé vers le nord — c'est la fine et longue baie Chipoudy. La région dite de Chignectou tient entre le pouce et l'index, et la ville de Moncton, comme un point sur un i au bout de la baie de Chipoudy se trouve sur la rivière Petcoudiac, à la même hauteur que Shédiac, quinze milles plus à l'est sur le Golfe.

Le colonel Robert Monckton qui finira général a laissé pas mal de documents. Il fut un paperassier, gardant jusqu'au brouillon de ses lettres. Il va de soi qu'il avait conservé celles qui lui étaient envoyées. Cette correspondance, réunie sous le titre de papiers Monckton, constitue le principal d'une collection, cent-trente volumes reliés en maroquin rouge, qui fut offerte au Canada en 1923 par Sir Leicester Harsworth. baronnet, en souvenir de son frère, le Très Honorable Alfred Charles William Harmsworth, vicomte de Northcliffe. Au bas du tableau représentant le vicomte, cette inscription bizarre, très britannique : « He loved Canada and because he loved France, he loved Canada the more. »

Le colonel Monckton qui, à l'automne 1758, chassait l'Acadien sur la rivière Saint-Jean, détacha vers la rivière Petcoudiac une bande sous les ordres du commandant d'infanterie et de cavalerie légère Georges Scott qui, le 19 novembre, lui adressa un rapport de son expédition. Il avait remonté la Petcoudiac, dévastant tout sur son passage. « Le 16 novembre, j'envoyai un Français dont la femme et les enfants étaient en mon pouvoir porter une sommation menaçante aux habitants : ils devaient se constituer prisonniers, sinon nul merci pour eux. Le Français fut de retour à minuit. Il m'apprit que ces compatriotes s'enfuyaient vers Cocagne et Miramichi. Comme je ne pouvais les y rejoindre à ce temps de l'année, je décidai de revenir. Nous redescendîmes vers l'embouchure de la rivière. Elle a près d'un mille de large sur les derniers trois quarts de son parcours. La marée s'y fait sentir avec plus de force qu'en aucune autre rivière de la baie de Fundy. Le ras (ou premier flot de la marée) y atteint cinq ou six pieds de haut. »

C'est ce phénomène, une des deux grandes attractions de Moncton, désigné sous le nom de refoule par les Acadiens, ou encore appelé la mer Rouge, désignée maintenant sous celui de mascaret par ces Messieurs d'*Evangéline*, qu'Ann et Baron s'étaient rendus voir au Bend View Court à l'heure affichée dans le lobby de la Brunswick hôtel. Malgré leur lenteur, ils s'y trouvèrent les premiers. Le petit parc était désert. Mais peu après leur arrivée, trois gros bus vinrent se ranger le long de la Main street, qui déversèrent des petits vieux, des petites vieilles, des petits rentiers et leur moitié, lesquels avec leur accoutrement de pélerins Greyhoud, leurs mappes, leurs lorgnettes, leurs lunettes, leurs kodacks, leurs cinés, leurs casquettes, leurs fichus, leurs gros souliers alpins, envahirent le Bend View Court, se dépêchant vers la balustrade surplombant la berge.

Le refoule qui n'était haut, ce jour-là, que de deux ou trois pieds, remonta la rivière Petcoubiac avec un bruit de chute, comme une large écluse qui se fût déplacée sous la poussée de la marée de la baie de Fundy, fameuse par son énergie. Avant que de l'apercevoir on perçut un bruit sourd au-dessous des criailleries des oiseaux de mer qui l'accompagnaient et qui soudain avaient envahi le ciel. En même temps les vieux touristes se mirent à s'agiter, à piailler, à crier : « The tidal bore ! The tidal bore ! » Le refoule en effet arrivait ; il passa à la vitesse pépère d'une chaloupe à moteur, laissant derrière lui des eaux étales qui recouvrient entièrement le large lit de la rivière auparavant à sec, hormis un petit filet comme un ruisseau à la place d'un fleuve. Les Acadiens, dont le sentiment religieux est profond, n'ont pas manqué de trouver dans la rapidité de cette inondation un rappel biblique ; elle est telle en effet, que, lors des grandes mers, l'armée du pharaon qu'elle surprendrait traversant à gué la Petcoudiac à la poursuite de quelque Moïse de Tracadie, serait toute engloutie. C'est pour cela que le Tidal Bore Park est si joliment nommé par eux la mer Rouge.

Ann et Baron se trouvèrent par hasard à côté d'une manière de mousquetaire, l'air d'un grand loup au milieu de vieux moutons. Baron, qui avait aussitôt reconnu un compatriote, de lui demander en français :

— Dites-donc : qu'est-ce que ces vénérables personnes, déguisées en alpinistes, font ici ?

Le mousquetaire fit la moue, dépité d'être reconnu, lui qui pensait chasser ingognito. C'était un Rastignac, parfaitement cynique, haut fonctionnaire des Postes spécialement délégué d'Ottawa à Moncton à l'occasion d'un congrès de la Mental Retardation qui s'y tenait.

— Ils sont venus pour se congratuler : une bande de vieux cinglés qui se prennent pour des héros parce qu'ils ont fait des petits fous.

— Vous êtes journaliste ?

65

— Non, postier, ça vous étonne ? Voyez-vous, ces idiots viennent de partout, leur congrès est coast to coast, et le Ministère m'a délégué à grands frais pour leur faciliter la carte postale : ils auront un courrier spécial pour expédier des chromos du Tidal Bore et de la Magnetic Hill à Bassett, Ontario, à Deep Creek, à Old Grantomato, Bici... Madame, mes compliments.

Ann, à qui il s'adressait, resta saisie, fascinée, comme elle l'expliquera par après à Baron, par un cynisme aussi clair, aussi pur, presque diabolique, comme elle n'en avait guère vu à Corner Brook ni même à Toronto. Et dira-t-elle :

— Je me suis crue en présence de Méphisto lui-même. Voilà un aspect du Québec que je ne connaissais pas.

Passés le refoule chuintant et son écume d'oiseaux de mer, inondée la rivière Petcoudiac selon strict nécessaire, tout juste l'eau qu'il fallait pour en couvrir le lit, pas une goutte de plus, la berge resta aussi haute que devant, le petit parc dessus, ses trois rangées de fichus et de casquettes, de lorgnettes, de jumelles, de caméras inutiles — vraiment la nature avait été mesquine en comparaison de ses prodigalités passées, inscrites dans une pierre commémorative, particulièrement de son grand coup d'october, the fifth, 1874, quand le ras de marée avait dépassé la berge, envahi le parc, inondé la Main Street, une générosité dont le retour était possible et qui les aurait engloutis tous, les vieux touristes : ils étaient bien déçus.

On les vit refluer du Bend View Court peti-peta, aspirés par les moteurs remis en marche des trois autobus stationnés le long de la dite Main Street, et qui bientôt, pompant d'autre façon, se dégagèrent du trottoir et reprirent le cours de la rue qui les charria je ne sais où pour le restant de la journée ; cela n'avait guère d'importance, ils n'étaient requis nulle part, les travaux de la Ninth Annual Conference mental retardation ne débutant que dans la soirée : ils pouvaient aller à vau-l'eau, à diable vauvert, ce qui les emmena directement à la deuxième merveille du monde de Moncton : « Amusing, beweldering, True but undelievable, il all happened at Magnetic Hill, N.B. Canada, where uphill without power. »

Il s'agit d'une illusion d'optique comme il y en a plusieurs dans le Québec où ce sont surtout les ruisseaux qui vont à rebours. Ici c'est une côte devenue, dans l'ambiance tant soit peu primitive des Maritimes, un lieu sacré et comme tel commercialisé : Magnetic Hill Gift Shop, Toy dinning Room, Magnetic Hill post office, Wild animal farm et une hôtellerie dont la cuisine a des relents sacrilèges, car, dit sa publicité : « Best of all was the good food at Magnetic Hill Inn. » La côte est en gravier, on s'est bien gardé de l'asphalter ni de rien changer à ses parages. L'hiver, on la ferme à la circulation. Ses divinités frileuses la quittent pour un lieu sacré plus chaud ; la neige lui enlève sa traction magnétique.

Le soir approchait, le jour était devenu gris, renfrogné, hostile à lui-même. Le Bend View Court, pour sa part après son Tidal Bore manqué, ne cherchait à retenir personne. Personne d'ailleurs ne tenait à s'y attarder. Les vieux touristes tous partis, Ann et Baron s'engagèrent dans la Main Street pour regagner à pied la Brunswick Hotel. Loin au-devant d'eux ils virent disparaître, marchant à grandes enjambées, le Mefisto du ministère des postes.

— Comment peut-on être aussi méchant, demanda Ann.

Les congressistes de la Mental Retardation étaient assurément un peu ridicules, mais bien intentionnés, parfois même pathétiques. Ann Higgit avait rencontré à l'hôtel une dame dans la trentaine avancée, mal fagotée, qui venait de Canaan, Nova Scotia, et dont c'était le premier voyage. Tout au plus s'était-elle rendue déjà deux ou trois fois dans sa vie à Halifax. Une dame sédentaire, une dame qui pouvait se dire à juste titre de Canaan. Et pourtant sans étroitesse, sans mesquinerie. Elle avait cru qu'Ann était à Moncton dans le même but qu'elle-même et Ann n'avait pas cru devoir la détromper. Quand elle apprit qu'Ann arrivait de Toronto, la battait sans conteste sur la distance, elle fut tout simplement ravie comme si Ann ajoutait à sa foi qui était déjà grande, et elle lui avait dit avec une admirable simplicité :

— N'est-ce pas qu'on finira par le trouver, le remède à l'oligophrénie ?

— Oui, bien sûr, avait répondu Ann.

Et la dame lui avait souri avec plus d'âme que de cœur. De cœur elle n'aurait peut-être pas souri. Pour son fils il était trop tard. C'est de son propre malheur qu'elle voulait faire le bonheur de tous les pauvres idiots de la terre. Elle avait belle envergure, cette dame mal fagotée, à la tête carrée, venue de Canaan comme si c'était possible.

— Pourquoi est-il aussi méchant, répéta Ann. Qu'est-ce que nous vous avons donc fait ?

Baron ne répondit pas. Il restait songeur et tous deux, se tenant par la main, remontaient la Main Street comme cela ne se fait guère à Moncton. Les trottoirs n'y sont pas des promenoirs mais des lieux de passages surveillés pour piétons qui s'y glissent le long des murs, solitaires et fugitifs. Faute de le savoir, Ann et Baron ne se sentaient pas trop intimidés de marcher ainsi en se tenant par la main, même s'ils se rendaient compte qu'ils étaient seuls à le faire. Aussi furent-ils surpris quand une auto stoppa derrière eux, une auto noire, station waguine avec une place à l'arrière pour un chien, un berger allemand, quand de cette auto on courut après eux et qu'ils se trouvèrent cernés par trois agents, des jeunes ceux-là, des farauds, des agents d'élite — l'un deux ressemblait étrangement à un SS hitlérien — des agents qui leur dirent :

— Police !

— Police, et puis après ? demanda Ann Higgit en se redressant, en prenant toute sa prestance naturelle, à la fois simple et majestueuse.

— On voudrait savoir qui vous êtes et ce que vous faites à Moncton.

— Je me nomme Ann Higgit, je suis la fille de Samuel Higgit de Corner Brook. Ce que nous faisons : nous visitons Moncton tout simplement.

Déjà un des trois agents, comprenant qu'ils faisaient gaffe, s'en retournait retrouver le chien dans la voiture de patrouille.

— Je voudrais bien savoir, reprit-elle, ce que vous avez à courir après nous sans la moindre raison, encore chanceux que vous n'ayez pas lâché le chien.

Baron se gardait d'intervenir. L'agent qui ressemblait à un SS, avait commencé sa retraite. Le dernier dit :

— Mademoiselle Higgit, un vieux rentier, sans doute un peu cinglé, a porté plainte par deux fois contre vous parce que vous passiez trop souvent dans la rue et que ce gentleman s'arrêtait parfois pour faire des croquis ou prendre des notes. Cela lui a paru suspect.

— Ce gentleman, Monsieur, admire le style de nos vieilles maisons de Moncton et il s'est arrêté en effet pour faire un croquis des plus belles.

— Mademoiselle, il ne me reste plus, je pense, qu'à vous présenter mes excuses.

— Je le pense aussi, Monsieur.

Il fit claquer ses talons, salua au garde-à-vous, courut vers l'auto de patrouille qui décampa, pressée comme tout de disparaître, une fuite assez plaisante à voir. Baron avait remarqué qu'en s'adressant au policier Ann avait parlé de « nos vieilles maisons de Moncton, » prenant ainsi sa part, mais il pensait qu'elle ne pouvait pas faire autrement.

— Je crois que vous allez maintenant me mépriser.

— Non, répondit-il, mais cet incident bizarre m'aide à comprendre bien des choses. Peut-être se rattache-t-il à d'autres incidents survenus dans le passé ?

Dans son rapport du 19 novembre 1758 au colonel Monckton, en l'honneur de qui sera nommée la ville, avec le k en moins, le commandant d'infanterie et de cavalerie légère George Scott a fait un relevé exact de sa dévastation le long de la rivière Petcoudiac, donne le nombre des exploitations agricoles qu'il a incendiées, du cheptel tué, des aboiteaux détruits, sans compter, bien sûr, le gibier humain tué ou capturé, y compris les femmes et les enfants.

— Le plus bête dans tout ça, avait dit Monsieur Walsh à Baron, c'est qu'on a jamais pu réédifier les aboiteaux rompus et reprendre à la mer ce que le génie humain avait gagné sur elle. On parle beaucoup de la déportation des Acadiens, mais on escamote la chasse qu'on leur fit trois ans plus tard, pauvres agriculteurs sans défense, encombrés de troupeaux et d'enfants. Le colonel Monckton était peut-être un brave officier, mais, s'il y a un endroit au monde où son nom est désagréable à citer, c'est à Moncton, Monsieur.

Le père de Monsieur Walsh, vieil Irlandais ne parlant pas français, était regrattier. Lui, après avoir hérité de la boutique, est devenu antiquaire. En commerçant, il a appris l'histoire et un peu de français. « Je préfère me tenir à l'écart d'un conflit que je trouve vilain. » Ce fut lui qui signala à Baron que la présence de la lèpre avait aidé les Acadiens à garder leur prédominance dans la presqu'île de Miscou. A cause de sa fille Rose-Aimée, de la maison bleu-blanc-rouge de Patrick, à Cocagne, Baron n'était pas trop content de ce passé qui ne semblait pas fini, aussi vilain que naguère et autrefois, seulement plus sournois, mais il ne pouvait pas en garder rancune à Ann Higgit. Il la trouvait souverainement belle. Rentrés à l'hôtel, après les avoir écartés toute la journée, ils causèrent de sujets plus intimes. Ce fut Baron surtout qui parla, sans doute parce que l'empêchement d'aimer se trouvait en lui et non en elle. Cet empêchement consistait en ceci qu'il ne parvenait pas à comprendre pourquoi la mère de Rose-Aimée l'avait laissé. Là-dessus, il laissait subsister une certaine ambiguïté, de sorte qu'Ann ne sut pas trop si cette jeune femme était morte ou l'avait abandonné. D'après ce qu'elle avait cru entendre à Cocagne, de la bouche de la femme de Patrick, elle était certainement morte. Mais dans le salon de l'hôtel, elle pouvait en douter et se demander si la mort n'était pas une manière forte, simple et accessible aux enfants, d'exprimer l'abandon. D'ailleurs cela semblait secondaire. Ce qui importait d'abord, l'empêchement de Baron d'aimer une autre femme, empêchement plus fort qu'une heureuse constitution, que son exhubérance naturelle, que sa simplicité et sa fatuité de grand bel homme porté à être aimé, lui venait de la crainte de recommencer le premier drame qu'il n'avait pas élucidé, qu'il n'avait même pas pressenti, sous l'impression jusqu'à la dernière heure d'être le meilleur des maris alors qu'il faisait peut-être depuis longtemps, depuis les premiers jours de leur mariage, le malheur de sa femme.

— Tout le monde a tenté de me disculper. Les médecins sont même allés jusqu'à prétendre qu'elle était folle. L'eût-elle été vraiment, dites-moi, Ann, se peut-il qu'un jeune mari puisse être tenu innocent de la folie de sa jeune épouse ? Dites-le-moi et peut-être, moi qui ne l'ai jamais cru, parce que je vous admire, parce que vous êtes brave...

— Brave, moi ? fit-elle.

— Oui, Ann, dit Baron en détournant le regard, il fallait que vous fussiez brave pour quitter Corner Brook. Vous êtes la plus honnête et la plus franche des jeunes dames que j'aie jamais connues ; et belle, sans prétention à la beauté, d'autant plus belle et désirable. Dites-moi que je suis innocent, je vous ferai confiance et peut-être pourrais-je aimer de nouveau ?

— Pourquoi me parle-t-il donc ainsi, se demanda Ann Higgit : n'aime-t-il pas déjà Rose-Aimée ?

Elle ressentit de nouveau au mollet le coup de bec du jars et le mal qui avait eu raison de son orgueil.

— Mais, dit-elle les larmes aux yeux, vous me ferez confiance mais vous ne me croirez pas ?

— Non, répondit Baron.

Et tout se trouva dit entre eux, il n'y avait rien à ajouter. Néanmoins, Ann, par sursaut de courage, trouva moyen de dire à Baron :

— O cher ! cher ami ! Tout cela est bien sérieux, nous en reparlerons demain. Embrassez-moi, voulez-vous ?

Il l'embrassa. Ils allèrent là-dessus se coucher, laissant chacun la porte de sa chambre ouverte. Et chacun des deux attendit l'autre même s'il n'y avait plus aucun espoir qu'il vînt. Ils étaient l'un et l'autre fort beaux, ils semblaient se convenir, mais sans doute s'aimaient-ils déjà trop pour pouvoir le faire sans honneur ? Fut-ce parce qu'ils étaient de peuples et de pays différents ? Peut-être un peu et qu'à cause de cela il leur était difficile de se laisser aller à la familiarité un peu vulgaire des amours auxquelles on s'adonne à l'intérieur d'un clan ou d'un village. Baron s'endormit très tard et plus tard qu'il aurait voulu le lendemain se leva. Il eut beau faire sa toilette à la hâte, l'heure du déjeuner était passée, on fermait justement les portes de la salle à manger quand il descendit. Ann n'y était pas et ne se trouvait pas non plus dans le hall ni dans les salons de l'hôtel. Il pensa qu'elle était restée dans sa chambre et, ne voulant pas la déranger, dans la crainte qu'elle n'eut comme lui passé une mauvaise nuit, il décida de se rendre dans un restaurant à côté de l'hôtel pour y prendre une bouchée. Comme il allait sortir, un doute l'effleura, oh! bien peu mais si désagréablement qu'il revint vers la réception où derrière le comptoir se tenait un petit homme, les yeux vissés, imperturbable, qui lui déplut d'emblée. Sur le comptoir, un petit écriteau indiquait son nom : « Clerk, J.A. Leblanc. » Ce petit homme, tout en feignant de ne pas le voir, ces yeux vissés semblaient fixés au loin, ne l'avait pas perdu de vue un seul instant. Baron s'approcha de lui avec un certain embarras et, lisant son nom, lui demanda :

— Monsieur Leblanc, seriez-vous assez aimable pour me dire si Mademoiselle Higgit, de Corner Brook, est encore à sa chambre ?

Il s'entendit répondre, même s'il était à peu près certain d'avoir été compris :

— Sorry sir, I don't speak french.

Baron se contint et répéta sa question en anglais.

— Miss Higgit nous a quittés ce matin pour l'aéro gare après avoir réservé une place sur le premier vol en direction de St John, Newfoundland.

— P'tit christ de morveux ! fit Baron.

Le clerck J.A. Leblanc resta les yeux bien vissés, imperturbable. Baron sortit de la Brunswick hotel en courant. Autrement il aurait sauté par-dessus le comptoir, lui aurait dévissé les yeux, cassé la gueule, arraché la physionomie de la face, à ce p'tit homme de malheur qui, pour désagréable qu'il fût, n'était pour pas grand'chose dans sa peine. Il eut le temps de se le dire. Quand même il aurait pris grand plaisir à le battre et en anglais encore, s'il vous plaît, selon la consigne de cette maudite ville, de cette christ de ville de Moncton. Puis, son calme retrouvé, dans le restaurant où il s'était commandé un café, il lui sembla que l'air y était trop petit, il sortit de nouveau dans la rue et là, cette Main street et toutes ces petites rues adjacentes, Lutz, Banaccord, Mechanic, etc, les maisons à nombreux pignons, ce décor à leur promenade de la veille, quand ils étaient heureux encore, tout le mit devant sa perte et il essaya encore de biaiser.

— J'aurais dû aller la rejoindre tout bonnement dans sa chambre, le numéro 304, dont elle avait laissé la porte ouverte, j'en suis sûr...

Enfin, il fit face :

— Ann, pourquoi es-tu partie pour ton île sauvage, pour St-John et Corner Brook ? Tu sais bien que jamais je n'irai t'y retrouver ! D'ailleurs, même si j'y allais, les tiens monteraient la garde autour de toi, je ne pourrais même pas te voir, et je n'ai pas le goût de parlementer avec les Higgit, père et fils. Pourquoi donc m'as-tu laissé, Ann, toi qui étais près de moi sur le Vanguard quand il a quitté la piste, à Dorval, ô toi dont que j'ai perçu le parfum, vers qui j'ai été attiré avant même d'avoir vu ton visage ?

Ann lui répondit :

— Tout avait été dit entre nous, Baron, dès hier au soir et c'est hier soir que j'ai décidé de te quitter aux premières heures, ce matin. Quand même après avoir téléphoné à l'aérogare, j'ai laissé la porte de ma chambre ouverte. O Baron ! il fallait te dépêcher et venir me rejoindre au lit, je t'attendais ; je t'ai attendu toute la nuit, que pouvais-je faire de plus ?

Baron n'osa pas lui dire qu'il avait de même laissé sa porte ouverte, il eut même un peu honte de l'avoir fait, il se sentait un peu mufle car ce n'était pas à elle de venir, c'était à lui.

— Nous sommes dans le salon de l'hôtel, je t'écoute avec attention. Tu parles, tu parles, Baron, et c'est pour te ligoter dans des peurs enfantines. Par moment, je te trouve niais, puis j'ai honte de penser ainsi. Le jars me donne un coup de bec au mollet, il me fait terriblement mal car je n'ai pas le droit de t'enlever à Rose-Aimée ; elle t'aime et tu l'aimes d'un amour difficile et d'autant plus admirable. Adieu, Baron mon ami, je pars pour Corner Brook.

Il comprit alors pourquoi elle était partie.

— Baron, je n'aurais pas été digne de toi si je n'étais pas partie.

Avantageux comme il l'était, il fit la roue devant son malheur, laissa partir Ann Higgit pour Corner Brook et rentra lui-même au plus vite à Montréal. Ann d'ailleurs ne resta guère à Terreneuve et alla vivre en Angleterre où de l'âge de douze à vingt-trois ans elle avait reçu une éducation soignée qui l'avait mise au courant de siècle. A son retour, elle avait eu l'impression de retourner dans le passé, de retomber dans l'ère victorienne et même plus loin et ç'avait été une autre raison pour suivre le journaliste à Toronto. La Grande-Bretagne n'a jamais cru tout à fait aux fastes de l'Empire et premier pays au monde s'est maintenu un siècle ou deux par le commerce, la marine et les colonies, n'étant au fond qu'une manière de pays scandinave moins homogène et mieux placé que les autres, un pays policé où dès le début du siècle dernier une jeune dame pouvait circuler sans chaperon ainsi que le rapporte Mgr Plessis dans son voyage. Et ç'avait déjà été le pays du roi Arthur. Fini l'Empire, partis les conquérants, cela reste un pays modeste, paisible et le plus simplement du monde, sans forfanterie, un pays très civilisé où Ann Higgit, sans oublier le tragique de la vie, s'appliqua à sauvegarder la beauté des jours. Elle enseignait le français et menait une petite vie élégante et rangée, tout en restant une forte belle personne d'impulsion et de feu dans le genre peut-être de cette mère Catherine de Saint-Augustin qui, jadis, à Québec, dans le dessein d'en délivrer le monde retenait captifs trois ou quatre démons dans son cœur. Ils furent la cause, à propos d'un sujet académique, qu'il s'en fallut de bien peu qu'elle ne retournât en Amérique. Ann s'était rendu compte qu'un écrivain aussi glorieux que Barrès s'était obscurci et qu'un roman aussi célèbre que *Colette Baudoche* ne pouvait plus se lire, d'une fallacieuse élégance sur un grossier fratras. Et cela l'avait incitée à rechercher dans des livres moins célèbres des écrivains fraternels, à l'haleine encore chaude. Elle découvrit le Louis Hémon des romans londoniens, en particulier *Collin-Maillard* écrit au crayon à mine dans des cahiers d'école. Elle apprit qu'il

avait fait l'école coloniale française et qu'à la suite
de la révolte des Boxers en Chine, de la mort de son
frère aîné qui y avait participé et d'un drame encore
obscur, peut-être familial, peut-être simplement personnel, il avait renoncé à une carrière facile en Indo-
chine pour venir vivre d'expédients à Londres, donc
tout près d'elle. Cet écrivain restait vivant, pauvre
cadet fidèle à un père qui mettait Corneille au-dessus
de Richelieu. Elle retrouvait en lui avec simplicité,
avec laconisme même, la grandeur qui l'avait exaltée
dans les romans de Nathaniel Hawthorne, surtout dans
La Lettre écarlate qu'elle relisait chaque année avec
un plaisir toujours nouveau. Elle lut *Monsieur Ripois*,
écrit à la gloire de la femme avec une humilité mas-
culine, avec un abaissement du héros qui le garde
en-dessous du féminin, fût-il de la plus humble condition, et comprit que toutes les femmes décrites dans
le roman se ramenait à une seule, à Elle, nommée
Ella comme Marie sera nommée Maria, et que c'était
la femme de Louis Hémon devenue folle après avoir
donné naissance à une petite fille, petite fille restée à
Londres pendant qu'il passait l'Atlantique et s'en allait
à Péribonka, Saint-Gédéon, Kénogami et Montréal
où il écrivait un dernier roman, célèbre par une sorte
de malentendu universel, dont la supplique enfouie,
qui avait fait vibrer tous les cœurs, était passée inaperçue, la supplique à sa sœur Marie, restée en Bretagne, pour qu'elle prît charge de sa petite fille Lydia.
Cette supplique fut entendue par Ann Higgit parce
qu'une fois dans sa vie elle avait connu à Cocagne et
à Moncton un pauvre grand jeune homme, nommé
Baron, amoureux de sa petite fille, nommée Rose-

Aimée qui l'aimait comme son beau cavalier et nullement comme un père, dont la mère était devenue folle, telle cette créature de rêve nommée Ella dans *Monsieur Ripois,* peu après sa naissance. Ann Higgit savait qu'ensuite Louis Hémon, en compagnie d'un Australien, avait été écrasé par un train, passé Chapleau, en Ontario, dans une montée où les locomotives les plus puissantes ne pouvaient dépasser, à l'époque, la vitesse de douze à quinze milles à l'heure. Elle comprit aussitôt que Baron était en grand danger de mourir. Peu s'en fallut qu'elle retraversât l'Atlantique moins par amour que pour le sauver. Son feu intérieur la rongeait, elle pleurait durant la nuit. Si elle s'abstint ce fut peut-être pour empêcher la délivrance de trois ou quatre démons qu'elle gardait enfermés dans son cœur pour en délivrer le monde, un peu comme elle prenait sur elle le tragique de la vie pour sauvegarder la beauté des jours ; ce fut surtout parce que la mort de Louis Hémon n'avait pas été vaine et qu'aussitôt après Marie-Maria avait rapatrié en Bretagne une petite fille de trois ans à peine, la fille d'Elle, d'Ella.

— Adieu, Baron, adieu pauvre grand bel homme, toujours bien mis, attentionné, avantageux et si naïvement fat !

Elle en était malade, de s'abstenir ainsi, de le vouer à une perte certaine, mais elle comprenait qu'elle était de trop dans le drame, qu'absente ou présente il aurait lieu quand même. Ses élèves furent frappés de l'émotion avec laquelle elle leur parla de cet étranger qui avait vécu dans la ville de Londres, qui en avait écrit mieux qu'un Britannique, d'un écrivain qui avait remplacé Barrès au programme, nommé Louis Hémon. Et quand elle leur dit cette phrase : « Qu'à l'honnête homme tout est pays », une phrase de cette grande canaille de cardinal de Mazarin qui ne s'était pas privé de faire payer à la France, et payer très cher, l'honneur qu'il lui faisait de devenir Français, une belle et noble phrase, quand même, qui la fit éclater en sanglots, bêtement, devant eux, ils détournèrent le regard, eux-mêmes pris d'émotion, et ce fut là une phrase qui resta toujours présente à leur esprit, par la suite.

Ann Higit resta longtemps dans le cœur de Baron, au premier rang de toutes les femmes du monde, radieuse de noblesse, de franchise et de beauté. Elle lui tendait les bras, la nuit, et de si près qu'il n'aurait eu qu'à faire de même pour l'enlacer, mais il ne pouvait pas, ligoté sur son lit. Il parlait, il parlait et ne comprenait même pas ce qu'il disait parce qu'Ann ne l'écoutait pas et que c'est par elle seulement qu'il se fût compris ; elle reculait un peu, puis s'en allait et toutes les femmes du monde avec elle. Longtemps il cria son nom après qu'elle fût ainsi partie. Il n'en finit pas moins par rester seul avec une ombre, l'ombre de sa femme, la mère de Rose-Aimée, qui l'a laissée sans qu'il n'ait jamais compris pourquoi, de sa femme libre et heureuse qui voyage par plaisance dans tout le monde, à qui il n'en veut pas, qui se tient à Casablanca, au Maroc, quand elle n'est pas en croisière, sous les arcades d'une maison tellement éblouissante de blancheur et de soleil qu'il ne parvient pas à la discerner ; il n'en sait quand même pas moins qu'elle est là et le regarde avec la plus grande attention, comme au cours de leurs derniers soupers. C'est encore lui qui parle, homme futile et bavard, qui s'inquiète un peu de ne pas la voir comme il s'inquiète de ne pas savoir ce qu'il dit.

— Ah ! Rose-Aimée, si tu pleurais au moins je me tairais !

Une fois, pour le compte de sa maison d'affaires, Baron eut à se rendre à Saint-Jean, Terreneuve. Il s'enquit d'une fort jolie fille, au port majestueux, qui restait simple et franche, même si elle avait de la culture, laquelle elle avait acquise en Angleterre.

— Je me souviens de tout ça, mais j'ai oublié son nom.

— Beaucoup de nos demoiselles de familles vont ainsi étudier en Angleterre.

— Elle n'était pas de Saint-Jean mais de Corner Brook. Je l'ai vue une seule fois, quelques heures, à Moncton. Il y a bien de cela plus de six ans... Ann Higgit ! Je me souviens à présent, elle se nommait Ann Higgit.

Sur le moment, personne ne put répondre à Baron au sujet de cette demoiselle Higgit de Corner Brook. Cependant l'île reste petite et fort peu nombreuse en haut d'un certain niveau de hiérarchie. Si elle avait été étudier en Angleterre, on devrait bientôt être en mesure de lui en parler. De fait, il se trouva une dame d'âge moyen, trente-cinq ans peut-être un peu moins, peut-être plus, c'était difficile à dire, elle portait un tailleur et n'avait pas le visage maquillé, qui avait connu Ann Higgit.

— En effet, dit-elle, c'était une très jolie fille qui répond, Monsieur, à votre description, et je serais

surprise qu'elle ait changé. Elle a quitté Terreneuve pour l'Angleterre, cela fait bien cinq ans... Non,
six déjà, peu de temps par conséquent après votre
rencontre à Moncton. Elle devait être de passage,
revenant de Toronto à Corner Brook.

— Oui, tout juste, Madame.

— Alors il n'y a pas à se tromper, c'est elle, nos
familles se connaissent et, sans l'avoir connue moi-
même, j'ai beaucoup entendu parler d'elle. Je doute
fort qu'elle revienne jamais, mais je peux me tromper,
étant donné qu'elle était fort personnelle et d'humeur
imprévisible. Elle aurait pu se marier cent fois et
l'on s'est toujours demandé pourquoi elle ne l'avait
jamais fait. Sans doute parce que l'Angleterre a bien
changé et qu'elle en était revenue émancipée, du moins
à nos yeux braqués de loin, peut-être de l'ère victorienne. Etait-elle portée sur des hommes qui n'étaient pas
de sa condition ? On l'a prétendu. A vrai dire,
je crois qu'on n'en savait rien car elle n'avait fait de
confidences à personne. On n'a pas le droit de juger
quiconque à son insu. Pour ma part je pense, altière
comme on me l'a décrite, qu'elle tenait simplement
à sa liberté et je ne vous cacherai pas, Monsieur, que
je ne suis pas sans admiration pour elle et regrette
beaucoup de ne pas l'avoir connue.

Baron remercia cette dame de Terreneuve.

— Pourquoi me remerciez-vous ? lui dit-elle. Vous
n'êtes pour rien dans ce que je pense.

— Je vous remercie pour les quelques heures,
moins d'une journée déjà si lointaine, presque incroya-
bles, que j'ai passées en compagnie de cette personne
si belle et si distinguée en la ville de Moncton.

Alors cette dame qui continuait de venir dans le monde sans se soumettre à ses modes, montrant ainsi un orgueil qui ne se rencontre — et peut-être de moins en moins — que dans les provinces, qu'elle entendait plutôt se le soumettre et rester maîtresse de ses pensées, ne put s'empêcher de rougir, demanda à Baron d'aller lui quérir un verre d'alcool, « straight on the rocks » dit-elle, et, malgré la complicité que cela lui demandait, se déclara contente. Baron, pour ne pas être en reste, ajouta quelque respect à ceux qu'il avait déjà pour l'île ancienne de Terreneuve.

Dorénavant il ne vécut que pour sa fille Rose-Aimée à qui le soir il écrivait et que chaque mois il allait voir, et pour sa maison d'affaires où, libre d'autres soucis, il apportait une calme énergie qui lui valait une réputation de bourreau de travail, d'homme d'ambition et de futur manager ; plus naturellement, il apportait aussi son exhubérance qu'il n'avait pas perdue et qui le faisait aimer de tous. Il gardait sa maison en banlieue. Le rosier opulent en obstruait toujours les fenêtres de la chambre à coucher. En juin, il fleurissait et de son parfum incessant avertissait Baron, chaque jour plus impatient, qu'il allait bientôt prendre ses vacances en compagnie de sa fille. Selon un itinéraire soigneusement établi en rapport avec son âge et en prévision des plaisirs qu'il espérait lui causer, ils voyageaient alors. Une année, il l'emmena aussi loin qu'en France ; elle s'ennuya et fut bien contente de revenir à Cocagne. D'abord il n'avait droit qu'à deux semaines de vacances et bientôt, à cause de l'état de ses services, ce fut tout un mois. Ce mois-là, toujours le mois de juillet, supposément le plus beau de l'année, lui semblait le plus long à passer. Ils y trouvèrent quand même de bons moments. Baron restait un grand bel homme, bien mis sans affectation, toujours patient et poli, et chaleureux ; il avait un peu épaissi et commençait à grisonner aux tempes ; il attirait l'attention où qu'ils allassent, surtout de la part des femmes, autant des sérieuses que des estivantes, des jeunes, des vieilles, des laborieuses, des élégantes d'autant plus poseuses qu'elles n'avaient rien d'autre à faire, et Rose-Aimée en était ravie car elle l'avait tout à elle, cet homme, du moins en apparence, contre toutes ces autres femmes, et, bien jeune encore, malgré sa timidité paysanne, son visage montrait, parmi les aises de la satisfaction, un petit air de défi. Au demeurant elle était jolie enfant, quoiqu'un peu petite pour son âge et noiraude, d'un teint qui ne convenait guère à son nom. A part ces instants de vanité, le reste du temps, malgré la bonne volonté de Baron, elle s'ennuyait d'un ennui qui venait de fort loin, à partir des interminables lettres que Patrick ou sa femme se faisait un devoir de lui lire et qu'elle n'entendait guère tout en feignant d'être attentive, comme une enfant punie qui écoute passer le temps et attend de lui la délivrance de son pensum. Pourtant Baron les écrivait avec beaucoup d'attention, en y mettant des détails simples, des traits saugrenus qui amusaient Patrick et sa femme, et si Rose-Aimée y prenait un peu de plaisir, c'était justement à cause de leur amusement. A mesure que les années passaient, elle comprenait mieux que sa position n'était pas égale, qu'elle comportait des avantages, pour la plupart extérieurs et pour tout dire de parade, et de graves inconvénients qui ne paraissent guère. Elle devait en prendre son parti, ne pouvant faire autrement, impuissante même à se plaindre. Après tout, les autres enfants, assujettis aux adultes, n'étaient peut-être pas mieux. Il y avait quand même une différence, c'est que Rose-Aimée se vengeait quelques fois de sa servitude contre ce père qui n'en était pas un et dont elle pouvait faire ce qu'elle voulait, tant il l'aimait.

— Vous la gâtez, disait Patrick ; si nous n'étions pas là, vous finiriez par la pourrir, cette petite, pourtant si simple et brave.

Baron en convenait, mais pouvait-il faire autrement ?

— Ah ! si j'étions à ta place, je ferions pareillement.

Juillet, passée la floraison des roses sauvages, ne dure qu'un mois par année, même s'il a trente-et-un jours, et Rose-Aimée retombait ensuite sur le même pied que les autres enfants, des poules, des canards et des oies, sous la surveillance d'un jars et le règne débonnaire de Patrick et de sa femme. Mais bientôt ce serait le couvent puis le retour à Montréal. Ce serait alors juillet à grandeur d'année. Baron en éprouvait quelque appréhension. Rose-Aimée alla pensionnaire, la première année, au couvent de Tracadie, en compagnie d'une fille de Patrick et d'une autre petite demoiselle de Cocagne, puis les années suivantes, seule de sa nation, au couvent de Sillery, près de Québec. Tout se passa pour le mieux après le regret des premiers mois, quand, le soir, au dortoir, elle ne pouvait penser à la maison bleu-blanc-rouge, le long de la large et paisible rivière, à un mille en bas du vrai pont de Cocagne, sans étouffer des sanglots dans son oreiller, des sanglots que la surveillante ne percevait pas sans émoi, se rappelant des siens naguère.

— O Marie, mère toute-puissante, prenez sous votre garde cette pauvre mignonne qui n'en a plus.

Malgré la compagnie de la fille de Patrick, de la demoiselle de Cocagne et d'une autre de Bouctouche, Rose-Aimée devait se rendre compte que la plus grande partie de son vocabulaire, à la fois paysan et marin, ne lui servait plus à rien. Il lui fallait réapprendre un autre monde, une autre langue. Un matin, à la chapelle, les anges et les saints se mirent à lui sourire. Même le Christ en croix, averti de sa présence, la regardait avec une infinie bonté. Il y avait aussi des statues de la Madone, mais jamais Rose-Aimée ne lui porta la moindre attention. Elle devint dès lors très intelligente, une première de classe dont les religieuses parlaient entre elles avec une sorte de ravissement, et elle continua de l'être au couvent de Sillery, au milieu de ses compagnes d'un tout autre acabit que celles de Tracadie, du moins supposément, et qu'elles avaient pleuré durant les premières semaines, des compagnes venant du dessus du panier, semblables aux belles baigneuses qui lorgnaient Baron et que Baron ne regardait pas ; ces nouvelles compagnes ne l'impressionnèrent pas du tout, au contraire lui redonnèrent son défi. De Cocagne à Tracadie, de Tracadie à Sillery, Rose-Aimée n'avait senti croître en elle que du mépris pour une société de plus en plus fausse et maniérée où elle paraissait de plus en plus intelligente sans doute parce qu'elle ne l'était guère, moins en tout cas qu'à la petite école de Cocagne où elle avait été une élève plutôt médiocre. De la sorte elle restait fidèle au pays chiac dont elle garda toujours l'accent. Dans un tel état d'esprit, elle devint peu à peu impertinente et se fit à Sillery une réputation de mauvaise tête, réputation dont elle se complaisait. Si le Christ, dans la chapelle, ne posait plus sur elle un regard d'infinie bonté, détournant plutôt les yeux et renvoyant la tête en arrière dans le spasme de la mort, Baron restait derrière elle, plein de sollicitude, à sa merci, prêt à balancer pour elle tout le grand couvent, les demoiselles de la ville de Québec et les dames de la Congrégation. Néanmoins Rose-Aimée ne fut pas renvoyée. Des machines avaient été lancées autour de la terre et des scaphandriers se préparaient déjà à monter sur la lune, dans le vide absolu, sous des soleils noirs. La vieille cosmogonie religieuse, le ciel en haut, l'enfer en bas, se trouva déconsidérée et cela jeta par terre l'édifice tout entier. Pour sauver les meubles, les Thaillardins récupéraient Darwin, inventaient la zoosphère, quitte à oublier le péché originel et tout le cérémonial liturgique, qui de Noël à l'Ascension, tout en marquant le retour du soleil dans l'hémisphère septentrional, célèbre la rédemption de l'homme. Puis ce fut le Concile, les dames de la Congrégation perdirent leur coiffe à pignon. Les choses se balançaient d'elles-mêmes. Rose-Aimée n'avait plus besoin de Baron pour qu'il vînt le faire. De mauvaise tête, elle était redevenue une jeune fille pleine de curiosité, à la démarche intellectuelle tout à fait normale, sinon chrétienne. Pour sa part, Rose-Aimée se sentait de la pitié devant le branlebas auquel elle assistait. Elle reprit son impertinence, voila son défi et termina ses études avec succès, à la satisfaction de tous.

Durant toutes ces années, Baron n'avait pas perdu contact avec son ami l'Acadien à qui il devait tant. Il continuait d'écrire à son aîné Patrick deux à trois fois par mois pour lui donner de ses nouvelles et celles de Rose-Aimée aussi, bien entendu. A chaque spectacle du Théâtre du Nouveau-Monde il emmenait deux ou trois de ses enfants, lesquels, déjà portés à la déférence, un peu timides, se sentaient honorés d'accompagner un homme de la prestance de Baron qu'on prenait pour leur père. N'eût été le plaisir des jeunes gens, Baron eut trouvé plutôt fâcheuses de telles sorties. La salle Port-Royal où les spectacles avaient lieu, même si la scène est vaste, trop vaste (on pourrait y montrer des éléphants), n'est bonne tout au plus que pour le cinéma parce que c'est une salle où le public ne peut pas se donner en spectacle à lui-même et que tout bon théâtre doit commencer ainsi, par la salle avant d'apparaître sur la scène. D'ailleurs Baron et ses jeunes compagnons ne reconnaissaient jamais personne parmi le public. Une célébration devant une réunion d'inconnus est bien peu de chose en vérité même si toute la vedette se trouve à rejaillir sur le comédien, que celui-ci soit Monsieur Jean-Louis Roux ou Monsieur Albert Millaire, car le comédien justement dans une société bien ordonnée, tout en restant un artisan indispensable, n'est jamais un grand personnage, ni l'écrivain d'ailleurs, ni l'artificier lors d'une fête nocturne. Les propos et les discours qu'on lui tenait, paraissaient en général futiles, aussi peu importants qu'un morceau de dentelle au bout de la manche de la robe d'une femme, ennuyeux et ennuyants à Baron qui, méconnaissant le principe fondamental qui aurait dû les transfigurer, les prenait comme ils venaient et ne pensait pas un seul instant qu'ils pussent avoir la moindre influence sur la marche de la vie ou une action sur la société comparable à celle que sa maison d'affaires exerçait, en quoi il avait certainement raison, quoiqu'on l'eût fort surpris si on lui avait annoncé que les marxistes pensaient de même. Après de nombreux avancements, il était sur le point d'être promu manager à la succursale de Montréal, dans une entreprise dite libre et fort hostile à tout socialisme. Avec une sorte de mimétisme fort commun, qu'on pourrait qualifier de fonctionnel et qui facilite l'existence, Baron affichait les idées de son emploi. S'il en avait dévié quelque peu à Moncton, et encore sur un point mineur de linguistique qui n'était pas incompatible avec sa maison d'affaires, encore moins avec son avancement, ç'avait été par amitié pour Ann Higgit. Et il avait bien précisé qu'il lui en faisait part en cachette, dût-elle l'en mépriser :

— Ah ! je n'ai rien à vous cacher, mais c'est devant vous seulement que je l'admettrai...

Il n'avait pas eu lieu de se répéter, même avec sa fille Rose-Aimée quand elle devint d'âge à lui poser des question d'intérêt général ; il affectait de n'attacher aucune importance à la politique, « si peu, ma Rosette, que tu n'as pas à t'occuper de moi pour en penser à ta guise. »

— Seulement, avait-il ajouté, si jamais l'occasion s'en présentait, ne tient pas de discours inutiles devant mes compagnons de travail ; tu ne me nuirais même pas, tu ne ferais que les amuser. S'ils s'en trouvaient pour t'écouter avec sérieux, ça serait les plus farceurs, ceux qui ont suivi des cours de psychologie et appris qu'on doit laisser parler les jeunes gens — pendant ce temps ils vieillissent. Ils feindraient même de te comprendre, voire de compatir avec toi, ma pauvre Rosette.

Une ère de plus de dix-huit années, qui, si longue, lui avait semblé néanmoins transitoire et qui l'était en effet, sans caractères durables qui eussent assuré sa pérennité, allait prendre fin dans la vie de Baron avec le retour de cette pauvre Rosette, de sa chère Rose-Aimée. Et pourtant il n'arrivait pas à s'en persuader. Peut-être ne le voulait-il pas ? Il avait élevé une digue entre elle et lui, cette digue était sur le point de se rompre et une belle eau sombre, reflétant mille fois le visage de sa fille, où toutefois sa fille resterait insaisissable, allait l'entourer et peu à peu monter ; dans cette eau adorable il avait peur de se noyer. Donc, quand le cours des choses si longtemps suspendu grâce au pays chiac, à la parenté qu'il lui avait trouvée à Cocagne, grâce au couvent de Tracadie et au couvent de Sillery, se mit à reprendre, à se précipiter avec les mois qui passaient, qu'avril survint, puis mai, et qu'il avait toujours été entendu que Rose-Aimée reviendrait s'intaller à demeure avec lui à la fin de ses études dans le petit bungalow qui semblait maintenant encore plus petit au milieu de la verdure des arbres qu'il avait lui-même transplantés avant sa naissance et qui depuis avaient grandement profité ; quand l'éventualité de ce retour si longtemps attendu, désiré, en prévision duquel il avait continué d'habiter

en banlieue, dans ce petit bungalow, retour qu'il appréhendait néanmoins, auquel il ne pensait que rarement
dans le but peut-être de le remettre à plus tard, quand
cette éventualité ne prêta plus à doute — Rose-Aimée
était déjà en examens, elle arriverait après la collation
des diplômes dans le couvent de Sillery, les portes
grandes ouvertes, durant la troisième semaine du
mois de juin, au moment même où le rosier sauvage
serait en fleurs, Baron fut pris d'une hâte excessive,
d'une agitation, d'un désarroi qui le mirent hors de
lui : le bungalow, propre de l'extérieur, en harmonie
avec le voisinage distingué, était tout différent de
l'intérieur, quasiment abandonné depuis plus de dix-
huit ans, habité par un homme seul qui venait y dormir, arrivant après souper et repartant après déjeuner,
entretenu deux fois la semaine par la même femme qui,
durant ce laps de temps, avait vieilli, était devenue
sourde et capricieuse et ne faisait plus son ménage
qu'en apparence, sachant que Baron n'irait pas voir
plus loin, satisfait de sa régularité, content par habitude ; le bungalow était dans un tel désordre dissimulé,
dont il n'apercevait pas seulement la moitié, qu'il ne
sut plus comment s'y prendre pour le rendre propre
et accueillant, digne de la pupille des Sœurs de la
Congréation, à Sillery, près de Québec, et, comme il
lui était arrivé déjà, il se souvint de son ami l'Acadien,
le puîné de Patrick, qui, un samedi soir, alors que
toute la famille endimanchée s'apprêtait à reconduire
le fils aîné, Ronald, à l'aérogare de Dorval d'où il
allait partir vers un faubourg à trente milles de New
York, vers l'immense asile de l'Etat, trois fois plus grand
que Saint-Jean-de-Dieu, afin d'y étudier la psychia-

trie, une spécialité qu'il avait choisie pour toutes sortes
de raisons, en particulier parce qu'il avait de l'amitié
pour Rose-Aimée, presque sa cousine, dont il avait
deviné que la pauvre mère était morte folle, spécialité
pour laquelle il se serait senti encore plus de vocation
s'il avait su que l'ami de son père, et aussi le patron,
avait oublié cette mort et pensait que sa femme l'avait
laissé pour voyager de par le monde, ayant pour pied-
à-terre la ville de Casablanca, au Maroc . . .

Quand Baron survint ainsi à Verdun comme un
cheveu sur la soupe, trop égaré pour s'en rendre compte, il inquiéta toute la famille, disant à l'Acadien :
« Ah ! mon pauvre ami, si je ne t'avais pas, même si
depuis vingt ans, l'air de rien, tu n'as pas cessé de
me rendre service, si je ne t'avais pas, que deviendrais-
je ? » On le regarda avec attention, en silence, puis
l'Acadien lui demanda avec un petit tremblement dans
la voix :

— Baron, il n'est rien arrivé à Rose-Aimée ?

Baron se mit à rire, commençant à deviner qu'il
s'était mis hors de lui pour pas grand'chose.

— Ah ! fit-il, Rosette est dans toute sa gloire et
sa beauté ; je ne serais pas surpris qu'elle finisse ses
études, la première de sa classe, bien en avant des
demoiselles de la ville de Québec, elle qui n'est
qu'une petite Chiacque.

— Alors demanda l'Acadien en regardant sa mon-
tre qu'y a-t-il ?

— Il y a, mon ami, que ma maison est dans un
désordre effroyable, je viens de m'en rendre compte,
et que j'aimerais bien que tu viennes sur les lieux, toi

et ta femme, et les enfants aussi, pour me donner conseil.

— Demain, si tu veux...

— J'avais pensé que vous pourriez venir ce soir.

— Mais, mon pauvre vieux, voilà mille fois que je t'ai annoncé que Ronald partait, ce soir, pour New York. Nous sommes même un peu en retard.

— Ah doux Jésus, grand fou que je suis !... Viens, Ronald, toi aussi, tu es un glorieux fils. Tu n'es pas pour t'entasser avec tous ces Acadiens dans la même voiture ! Viens, je te conduirai moi-même à Dorval et si les Acadiens veulent suivre, eh bien ! ils suivront !

Ronald, qui était un garçon aimable, pas vilain du tout, poli et souple, à peine plus grand que Rose-Aimée, parut ravi. Il admirait en Baron le grand bel homme. Il avait aussi de l'amitié pour sa fille. On se rendit à Dorval de la façon que Baron avait décidé. Rendu à l'aérogare, ayant quelque peu percé les sentiments de Ronald, Baron déjà n'était plus aussi joyeux. Sous prétexte de laisser la famille à son intimité, il alla dans un des bars et n'assista pas au départ. Il avait pris l'habitude, depuis quelque temps déjà, d'ingurgiter chaque jour de vingt à quarante onces d'alcool qu'il portait bien d'ailleurs, le faisant discrètement, surtout le soir, sans pour autant s'en cacher car c'était là un usage chez les hommes en autorité dans sa maison d'affaires. Les Acadiens crurent qu'il était rentré chez lui et retournèrent seuls, en famille, à Verdun, non sans parler de Baron qui avait été généreux envers Ronald, lui donnant un viatique de cent dollars américains avant de le quitter, et de ses embarras ménagers qui leur paraissaient plutôt amusants

93

d'emblée. A la longue toutefois ils leur parurent plus sérieux parce qu'ils n'étaient pas sûrs que Rose-Aimée pût tenir maison pour son père.

— Tante Gertrude ? demanda l'Acadien à sa femme.

— J'y pensais justement, répondit celle-ci.

Car s'il y avait eu déjà le frère aîné Patrick, resté sur le bien paternel à Memramcook, puis trouvant une meilleure terre à Cocagne, qui avait pu aider Baron en lui élevant sa fille tout en bénéficiant grandement de la pension que Baron lui servait, appoint précieux dans la balance d'une toute petite expoitation agricole qui, sans Rose-Aimée, aurait présenté les mêmes dépenses, ils avaient maintenant une tante Gertrude en disponibilité pour un arrangement analogue. C'était une cousine du deuxième degré, qu'ils avaient toujours appelée leur tante, bien intentionnée à leur égard, pour laquelle ils avaient du respect et de l'affection, qui les inquiétait depuis qu'elle avait défroqué après quarante ans de vie religieuse. Durant près de quarante ans elle s'était nommée Sœur Agnès de Jérusalem et ç'avait été après avoir repris son nom profane que sans raisons apparentes, restant la même, souriante et bonne, elle avait quitté une communauté où la moitié des sœurs plus jeunes s'employaient déjà à soigner l'autre moitié, celle des sœurs plus âgées, une communauté qui possédait deux cents-quarante maisons coast to coast, qui gardait sans doute de grands biens et aurait pu lui assurer un fin heureuse et paisible. Et voilà qu'à cinquante-huit ans, sur une manière de coup de tête, du même mouvement qu'elle avait renoncée au monde, au monde elle était revenue, bien vieille, avait remarqué l'Acadien, pour y faire son noviciat. Durant quarante ans elle avait pris soin de fous et de folles, le faisant de son mieux, durement, sans beaucoup d'intimité, couchant dans les grandes salles de malades, tout aussi internée que ceux-ci. C'était à l'époque où l'Etat accordait si peu pour leur entretien que personne ne pensait à contester le monopole de ces dames religieuses. Cependant la folie devenant peu à peu une maladie comme les autres, une maladie curable, le per diem des fous avait augmenté si bien qu'il arriva un moment où les infirmières laïques y trouvèrent leur compte, voulurent concourir à ces guérisons. L'ambiance des asiles avec cette augmentation de deux à quatorze ou vingt dollars du per diem, avec l'apparition de médicaments nouveaux, efficaces, alors que ceux dont on usait auparavant ne l'étaient pas, se trouva à changer et les religieuses furent tenues responsables de la situation antérieure. Les infirmières laïques avaient des diplômes et sœur Agnès de Jérusalem ne pouvait leur opposer que sa longue expérience et son dévouement. Elle perdit son poste d'hospitalière, passa à la lingerie, à des besognes administratives. Il lui parut souverainement injuste d'être séparée de malades qu'elle avait appris à aimer, qu'elle pleura mais sans se plaindre car elle avait été dressée à obéir. Elle continua d'obéir jusqu'au moment où le principe de sa sereine résignation flancha. Alors elle s'en fut rendre son tablier. La communauté lui remit deux mille dollars. Sœur Agnès de Jérusalem reparut dans le monde sans moyen de subsistance, quasiment comme une échappée d'asile, ce qui avait mis l'Acadien et sa femme dans la peine car ils conservaient à leur tante le même respect et la même affection.

Le dimanche après-midi, ils s'amenèrent chez Baron sans les enfants, visitèrent le petit bungalow et trouvèrent qu'en effet un grand ménage s'y imposait.

— Mais qui le fera ? Le temps presse. Dois-je m'adresser à une agence ? Ce genre d'agence existe-t-il ? Je ne connais que des laveurs de vitres. Devrais-je employer des déménageurs ?

— Tiens ! mon vieux, cela serait une idée.

— Ils sortiront les meubles, leur feront faire une promenade, puis les rentreront.

L'Acadien dit à Baron :

— Il y a une question que je veux te poser : penses-tu que Rose-Aimée, même avec un beau diplôme, soit capable de tenir maison ?

Baron n'en savait rien.

— Je commence à me demander si je ne serais pas une manière d'imbécile.

Il ne croyait pas que Rose-Aimée en fût capable, et il ajouta :

— S'il ne s'était pas trouvé dans le monde un pays nommé Acadie, je me demande ce que je serais devenu.

Justement l'Acadie avait à lui proposer tante Gertrude qui, ayant plus qu'entamé ses deux mille dollars, commençait à s'inquiéter au milieu du monde qu'elle ne connaissait pas et qui, pour réduire ses dépenses, ne sortait plus guère de la petite chambre qu'elle s'était louée, plus recluse que dans sa communauté. Rien ne fut caché à Baron des difficultés où elle s'était mise.

— Ne serait-ce pas une vieille folle ?

— Si elle avait été folle, on l'aurait gardée enfermée. C'est au contraire une dame qui a de la distinction et du savoir-faire, un peu trop idéaliste, c'est tout, comme cela peut arriver quand on a été en religion durant quarante ans.

La femme de l'Acadien fit observer qu'elle n'était pas leur véritable tante mais une petite cousine qui n'avait même pas l'accent, née brayonne dans la petite république de Madawaska où il arrive souvent qu'on se prenne pour des Canadiens...

— Ou pour des Québécois comme on dit de nos jours.

— Elle se nomme maintenant Mademoiselle Gertrude McGraw.

— Mais auparavant, demanda Baron, quand elle était Sœur de la Providence à Longue-Pointe ?

— Sœur Agnès de Jérusalem.

— Tu la nourris, tu la loges, mon vieux, et en retour elle prend charge de ta maison. A ce prix, tu ne trouveras jamais mieux. Et n'oublie pas ceci, que tu viens en second, immédiatement après le bon Dieu. Tu seras bien servi et tu lui rendras un fameux service et à nous de même qui n'aimons guère à la voir renfermée dans sa petite chambre sans rien à faire, sans personne à aider, elle qui ne connaît rien d'autre que le dévouement.

Ç'avait été ainsi que Sœur Agnès de Jérusalem était venue s'installer chez Baron et qu'elle avait pris la maison en charge avec l'autorité d'une maîtresse-femme. Baron ne tarda pas à s'attacher à elle et à lui faire des confidences sur son passé. Elle l'écoutait.

— Et vous, Sœur Agnès de Jérusalem ?

— Ah ! moi, répondait-elle, si vous saviez comme je n'ai rien à dire !

Rose-Aimée trouva un petit bungalow propret dans un faubourg chic de Montréal et dans ce petit bungalow, en arrière de son inévitable père, une manière de grand'mère bienveillante et discrète. Physiquement elle avait fini de s'accomplir, jolie brunette un peu petite de taille ; elle était avenante, gentille, simple comme on peut l'être à dix-huit ans et quand on ne pense guère qu'à s'amuser avec les jeunes gens de son âge. Elle avait gardé le charmant accent le Cocagne, de Bouctouche et de Tracadie. Vite elle trouva le chemin qui mène à Verdun, chez les fils et les filles de l'Acadien. Parfois elle y restait à coucher et Sœur Agnès de Jérusalem entendait alors Baron bardasser dans la cuisine et achever la bouteille qu'il avait entamée avant le souper comme un homme qui ne sait pas ce qu'il veut et qui surtout a peur de rester seul avec lui-même dans la nuit de sa chambre aux fenêtres bouchées par le rosier, sans dormir. Quand il descendait enfin, c'était pour tomber tout d'un bloc sur son lit et sombrer aussitôt. Après avoir temporisé dans l'espoir qu'une fille aussi fine et alerte que Rose-Aimée se lasserait de Verdun, en mufle qu'il devenait parfois en vieillissant, il se mit à émettre des doutes sur sa conduite, ce qui le rendit ridicule, sinon pitoyable, car elle était quand même mieux informée que lui et savait depuis quelque temps qu'elle devait se réserver pour Ronald, lequel avant peu serait en mesure de l'épouser. Ce qui l'ennuyait le plus, c'est qu'elle devinait que les insinuations de Baron avaient un sens et qu'elle l'ignorait. Il l'appelait sa belle eau, sa belle eau noire.

— J'aurai beau ouvrir grandes mes deux mains, toujours tu resteras insaisissable. Et cette eau me cernera ; elle montera, montera si bien qu'un jour j'y perdrai pied et plus jamais ne me retrouverai, emporté par elle qui ne veut pas me dire son secret.

Il lui semblait bizarre. Pour la première fois de sa vie, elle avait peur de lui.

— C'est ton père, disait sœur Agnès de Jérusalem. Il a de grandes responsabilités à son travail. Et puis, il n'a pas eu la vie facile. N'écoute pas ce qu'il te dit. Cherche à lui être gentille, Rosette, tout simplement.

Sœur Agnès parlait ainsi parce qu'elle avait une longue expérience de ce qui est incongru, baroque, déraisonnable chez les gens et que Baron lui faisait parfois des histoires qui ne se tenaient pas à propos de sa femme qu'elle savait être morte et d'après lui qui l'aurait laissé pour voyager autour du monde, gardant un pied-à-terre à Casablanca où il irait peut-être un jour la rejoindre quand Rose-Aimée serait mariée. Comme il y revenait assez souvent, soit par inadvertance, soit qu'elle n'eût pas su comment s'y prendre avec les gens normaux qui ont d'importantes responsabilités dans la société, ou soit qu'elle ait voulu savoir ce qu'il cachait derrière cette fantaisie, un jour, elle lui dit :

— Elle pourrait se marier plus vite que vous ne le pensez.

— Avec qui, demanda-t-il d'un air inquiet qui montrait qu'il n'était nullement pressé de se rendre à Casablanca.

Sœur Agnès, de biais, l'assura qu'elle n'en savait rien.

— Je le suppose, dit-elle.

— Ah ! vous le supposez.

— Oui, Rose-Aimée est une jeune fille sage et plaisante. Il serait normal qu'un bon garçon, qui a de l'avenir devant lui, vous la demande.

Baron fit un clin d'œil odieux à l'ancienne religieuse et se mit à rire très haut.

— Oui, oui, je vois : un bon garçon nommé Ronald ! un bon garçon nommé Ronald !

Il ne riait plus du tout, il avait même l'air méchant et cet air-là convenait si peu à sa physionomie qu'on eût dit qu'il s'en détachait comme s'il eût porté un masque. Et Sœur Agnès de Jérusalem ne fut pas trop contente du monde où contrairement à l'asile, les fous ne sont pas déclarés. Elle n'aimait pas l'asile non plus où les masques l'emportent sur la réalité des visages. Le sort de l'homme lui semblait pitoyable. De sa vie passée elle avait conservé quelques menus articles. Le soir, quand Baron faisait son ravaud dans la cuisine, elle égrenait son chapelet et évoquait le bon Dieu, à qui elle était sans doute restée fidèle, pour implorer sa protection. Mais le bon Dieu ne l'écoutait guère : un jour, Baron manda l'Acadien dans son bureau, dont il était l'ami, certes, mais surtout, ce jour-là, le patron, et il lui dit en bonassant, terriblement sérieux au fond, qu'il avait été si longtemps privé de sa fille Rose-Aimée qu'il ne lui plaisait guère qu'elle fût toujours rendue à Verdun.

— Quant à son mariage, dit-il, il n'en saurait être question avant sa majorité.

L'Acadien sortit du bureau de Baron beaucoup moins bouchon de liège qu'à l'accoutumée, ayant du mal à remonter à la surface et à la lumière, restant dans le noir des eaux, car il avait de l'amitié pour Baron et trouvait qu'il faisait mal.

— Il fait mal, dit-il à sa femme, dommage pour lui, pour Rosette et un peu pour Ronald, mais nous n'y pouvons rien : c'est lui le père. Avertis tante Gertrude et demande-lui de minimiser les dégâts.

Les enfants furent avertis de la volonté de Baron : « Mieux vaut céder pour quelque temps », et, le lendemain, Rose-Aimée se trouva au milieu de jeunes gens évasifs, polis et tristes, qui semblaient s'ennuyer en sa présence et ne pas vouloir lui parler. Elle ne s'expliquait pas ce renversement. Elle pensa s'être trompée et retourna une ou deux fois encore à Verdun où elle se rendit compte qu'elle ne s'était pas trompée. Elle repartit les larmes aux yeux et ses jeunes amis de même avaient du mal à se contenir. L'Acadien les avait quand même rassurés, leur disant que la tante Gertrude se trouvait sur les lieux, mais justement ils souffraient d'être ainsi rassurés quand Rose-Aimée ne l'était pas. Et puis, la tante Gertrude, finissant sa vie sur un déboire, avait beau se trouver sur les lieux, leur confiance en elle restait limitée. De fait, elle assista impuissante, invoquant Dieu et égrenant en cachette son pauvre chapelet qu'elle n'osait plus montrer, au déroulement des vilains événements. Quand Rosette dut convenir de son malheur, Baron, pour la reprendre ou pour la consoler, entreprit de l'emmener à peu près chaque soir dans les chapelles obscures où, moyennant de l'argent, on a droit de participer aux fêtes nocturnes, étourdissantes et vaines, que le prince du monde offre à ses sujets. Rose-Aimée apprit à danser avec des inconnus qui lui disaient des choses absurdes pour en finir toujours avec la même proposition. Ces inconnus, souvent des Américains de passage, la ramenaient ensuite à la table de son père, ne pouvant pas penser que Baron le fût, et la quittaient sur une courbette raide, plus offensante que courtoise. Rose-Aimée écrivit à Ronald qui ne lui répondit pas. Baron restait un grand bel homme admiré par les femmes qui, dans ces lieux de fête, ne s'en cachaient guère, mais il ne plaisait plus à Rose-Aimée de l'avoir pour elle seule. Il l'avait toujours ennuyée, il continuait de l'ennuyer, surtout quand il lui parlait de l'eau noire et croyait lui tenir des propos sensibles qui n'étaient que délirants et aussi absurdes que les propos des inconnus avec qui elle dansait, plus absurdes même car ceux-ci avaient quelque chose de conséquents car ils lui demandaient à la fin de plaquer son pacha et de venir coucher avec eux. Ces inconnus étaient d'autant plus effrayants qu'elle ne les trouvait pas nécessairement antipathiques. Quant à Baron, sans doute avait-il été le meilleur des pères, comme on n'avait jamais cessé de le lui répéter, mais qu'avait-il à la retenir près de lui et à l'empêcher d'être heureuse avec un jeune homme de son âge ? Mais elle n'était même pas sûre qu'il la retenait ainsi. Peut-être voulait-il bonnement la consoler de l'abandon de Ronald ? Elle se sentait infiniment malheureuse. Ils rentraient tard, ce qui n'empêchait pas Baron de se lever tôt, le matin, et d'arriver à sa maison d'affaires, un peu altéré, à l'heure convenue. Il buvait de l'eau stérilisée durant tout l'avant-midi selon l'habitude de la plupart des hommes en autorité dans ces milieux-là. A midi, il remarquait que son ami l'Acadien le fuyait. De son côté Rose-Aimée se levait le plus tard possible. Elle dînait devant Sœur Agnès de Jérusalem qui la considérait avec bonté, qu'elle aimait bien d'ailleurs, ne fut-ce que pour sa parenté (même si elle n'avait pas l'accent acadien) et pour le fait qu'elle avait été religieuse comme plusieurs des dames de sa condition qui, à Tracadie et à Sillery, avaient été maternelles.

— Ah ! disait-elle, c'est insensé la vie que mon pauvre père me fait mener. Croit-il qu'elle me soit agréable ? Je ne suis pas heureuse. Ronald n'a pas répondu à mes lettres. Sœur Agnès, Sœur Agnès, que vais-je devenir ?

— Tout s'arrangera, petite, répondait la vieille dame.

Les semaines passaient et rien ne s'arrangeait. Un jour, Sœur Agnès de Jérusalem qui, malgré beaucoup de prudence et de réserve, avait toujours suivi son idée, devenue certaine que Baron ne céderait jamais, justement parce qu'il avait peur d'être obligé d'aller à Casablanca, lui fit quelques aveux et à mesure qu'elle parlait elle voyait reparaître sur le visage de Rose-Aimée cet air de défi qu'elle avait eu naguère contre toutes les femmes, qu'elle avait même failli prendre au couvent de Sillery contre le Christ en croix qui la regardait pourtant avec une infinie bonté, et cet air-là il reparaissait contre Baron, son père.

— Je devrais me taire, se disait Sœur Agnès de Jérusalem, car cette petite est vraiment trop excessive.

Mais elle avait commencé, elle devait continuer. Rosette ne disait rien. Seul parlait son visage. Quand Sœur Agnès eut fini, elle monta faire sa toilette, descendit avec son trench sur le bras et tenant à la main une petite mallette.

— Rosette, pourquoi ce trench ? Il ne pleuvra pas.

Rosette lui répondit :

— Je m'en vais faire un tour à Verdun.

Et elle sortit, faisant claquer ses pauvres petits talons. De fait, elle se rendit à Verdun. Elle n'y trouva que le plus jeune des fils et la femme de l'Acadien. Elle fut assez forte pour prendre le garçon dans ses bras, puis elle se jeta contre l'Acadienne :

— Ah ! si vous saviez comme j'aurais le cœur à pleurer !

Ce fut l'Acadienne qui pleura et au milieu de ses larmes ne vit pas que Rosette s'en allait. Quand elle cria : « Rosette ! Rosette ! » celle-ci était déjà partie. Elle téléphona à tante Gertrude qui lui dit : « Clara, la petite ne reviendra pas ici, elle est sûrement partie pour New York. Tu sais que Ronald n'a pas répondu à ses lettres. »

— C'est nous ... c'est nous qui lui avons dit de ne pas le faire.

— J'aime mieux ça, dit Sœur Agnès de Jérusalem. Alors ce sera tout simple, elle verra Ronald, ils s'entendront, ensuite elle reviendra tout bonnement. Il y a son pauvre père toutefois qui va m'en faire, tout un numéro. Parfois je me demande s'il n'est pas malade, très malade. Clara, ne trouves-tu pas curieux que j'aie quitté Saint-Jean-de-Dieu pour devenir la gouvernante d'un fou ?

— Tante Gertrude, vous exagérez : Baron va prendre charge bientôt de la succursale de Montréal. Il est seulement un peu piqué au sujet de Rosette. Que dois-je faire ? Prévenir Ronald de la venue de Rosette ?

— Clara, apprends une chose, dit Sœur Agnès de Jérusalem, et tâche de la retenir : on intervient toujours trop tôt dans la vie des autres. Je t'en prie : laisse Rosette et Ronald arranger leurs affaires.

Sur les entrefaites Baron devint manager de la succursale de Montréal d'une maison d'affaires qui s'étendait sur tout le continent, même à Mexico et à Porto-Rico. Il se trouva à faire partie du conseil d'administration qui siège ici et là en Amérique, mais le plus souvent à Baltimore où l'entreprise avait été lancée bien petitement par un homme obstiné, le vénéré fondateur, dont on voyait partout le portrait où le conseil siégeait. De ses petits yeux attentifs, avec sa gueule de requin, il semblait devoir surveiller la bonne marche de l'entreprise pour toute l'éternité. Baron rentra content. Il annonça à sœur Agnès qu'il partait le soir même pour Baltimore. Sœur Agnès dit :

— Un autre des nôtres qui a réussi dans les affaires !

Elle trouvait la formule stupide. Ç'avait été pour cela qu'on n'avait jamais pensé à elle comme « exécutive » possible au conseil d'administration des Sœurs de la Providence. Les choses du monde ne l'intéressaient pas. D'ailleurs la maison d'affaires de Baron n'avait été vraiment exaltante que pour la Gueule-de-Requin. Ses successeurs n'étaient que des administrateurs compétents et certains, parmi les plus intelligents, se demandaient si une entreprise comme la leur, d'intérêt public, n'était pas en contradiction avec elle-même en œuvrant pour le profit de quelques particuliers.

Baron fit sa toilette et redescendit en tenant à la main une mallette qui n'était pas sans ressemblance avec celle de Rose-Aimée. Il dit à Sœur Agnès de Jérusalem :

— Je n'ai pas trouvé Rose-Aimée dans sa chambre.

— Elle est sortie.

— C'est dommage, je ne pourrai pas la voir avant de partir. Savez-vous où elle est allée ?

— Je crois, dit Sœur Agnès, qu'elle est allée à Verdun.

Du coup sa satisfaction disparut. D'un air sombre, il téléphona à Verdun. On lui répondit que Rose-Aimée venait de partir.

— Tant pis ! dit-il, je la verrai à mon retour, après-demain matin.

Il sortit attendre le taxi sur le trottoir. Le soir approchait et l'air tranquille lui fit penser à de l'eau qui s'assombrissait et qui bientôt serait noire. Le rosier avait plusieurs tiges mortes. « Il ne faudrait pas oublier, pensa Baron, de le tailler. » Le taxi arriva, il y monta sans plaisir et, contrairement à ses habitudes, il ne s'assit pas en avant à côté du chauffeur, mais en arrière comme un client maussade et taciturne.

— Monsieur ? dit le chauffeur.

— A l'aérogare de Dorval.

Rose-Aimée venait justement d'en partir pour New York. Dès qu'elle y fut arrivée, elle se fit conduire au grand asile de l'Etat, à trente ou quarante milles en dehors de la ville. C'est là que Ronald était résident. Les choses ne se passèrent pas du tout comme sœur Agnès de Jérusalem l'avait prévu. Elle n'eut avec lui aucune explication. Elle se donna à lui tout simplement et mena son combat avec une bravoure presque désespérée. Ronald aurait peut-être pensé que Rose-Aimée était une manière de fille de joie s'il n'avait pas été assez grand garçon pour se rendre compte qu'elle en était à ses premières armes car souvent il la blessait et lui faisait mal. Quand elle ne pouvait plus le cacher, elle demandait qu'il l'en excusa tout en revenant à la charge. Il ne savait pas trop ce qu'il résulterait de cette nuit d'amour. Le lendemain matin, il ne savait pas davantage. Elle l'embrassa et lui fit ses adieux, les larmes aux yeux, infiniment malheureuse, puis il la vit s'éloigner en courant, son trench sur le bras, son petit baise-en-ville à la main. Ce fut le lendemain, lorsqu'il reçut des téléphones de Montréal, qu'il comprit qu'elle était partie pour toujours, il fit : « Non ! Non ! » car il ne pouvait l'admettre.

A son retour de Baltimore, Baron apprit à son tour le départ de Rose-Aimée. C'est alors qu'on communiqua avec Ronald qui ne put dire que la vérité, qu'elle était venue et repartie. A son père l'Acadien il fit part de ses inquiétudes qu'elle ne revînt jamais à Montréal. A Baron, ce grand bel homme, dont l'exubérance naturelle avait toujours eu quelque chose de

plaisant, qui avait été ce qu'on appelle un homme avenant et maintenant ne l'était plus, qui n'avait pas
encore pris les traits d'un personnage tragique et pourtant en jouait dorénavant le rôle, Sœur Agnès de Jérusalem dit :

— Voyons ! faites-vous-en une raison, elle va
revenir, cette petite : elle peut certes perdre du temps
en cours de route, mais où voulez-vous qu'elle aille ?

— Ah ! dit Baron, elle peut bien faire comme sa
mère et se mettre à faire le tour du monde.

— Commençons par attendre un peu, dit sœur
Agnès.

Au bout d'un mois, Rose-Aimée n'était pas de
retour.

— Tante Gertrude, je commence à penser que
Ronald avait vu juste et qu'elle ne reviendra jamais.

— Veux-tu bien te taire ! Des petits médecins
avec des pronostics grandiloquents et pessimistes, j'en
ai trop vu dans ma vie pour le croire.

Elle ajouta :

— Et le père ? Comment est-il au bureau ?
Remplit-il bien ses nouvelles fonctions ?

— Il est formaliste, pointilleux et semble avoir
perdu l'imagination. On n'est pas très à l'aise avec lui.
On commence à dire qu'après tous ses avancements il
a atteint le niveau de l'incompétence. Il a bien changé.
Ce n'est plus le même homme.

Elle dit :

— C'est lui qui est en danger et non sa fille.

A quoi l'Acadien répondit que ce n'était pas lui
que Ronald aimait, c'était sa fille. Cette réponse ne
manqua pas de plaire à Sœur Agnès car dans la suite

du temps, le salut du monde ne réside pas dans les vieilles générations mais dans les jeunes. C'est par celles-ci qu'on peut réparer les dégâts des premières. Rose-Aimée ne revenait toujours pas et Baron commença à la confondre avec sa mère. D'ailleurs il ne prononçait plus jamais son nom. Il disait : elle et cela aidait à la confusion.

— Elle fait le tour du monde mais elle garde un pied-à-terre à Casablanca. Je ne suis pas vieux mais je commence à me sentir fatigué. Je me demande si je ne ferais pas mieux d'aller la rejoindre.

Sœur Agnès l'écoutait parler. Elle ne disait plus jamais rien. Elle remarquait aussi que sa tenue changeait. Lui toujours bien mis, soignant son apparence sans ostentation, le faisait de façon trop visible ou bien ne la soignait tout simplement plus. Naguère poli et prévenant, il devenait arrogant et insultait les gens à propos de rien. Surtout il arrivait ceci qu'il menait fort mal les affaires de la Maison, si bien qu'à Baltimore où se trouve le siège de l'entreprise, sur la grande carte du continent où toutes les succursales sont indiquées au centre de leur zone de rayonnement, celle de Montréal fut marquée d'un point rouge. Baron s'en rendit parfaitement compte ; avantageux comme il était, sa mauvaise administration financière acheva de ruiner l'économie de sa personne. Après s'être obstiné un peu, voyant qu'il faisait de mal en pis, il eut un sursaut d'énergie, se vêtit correctement, alla à Baltimore et demanda à être mis à sa retraite pour raison de santé. Il retrouva un peu de son prestige. De retour à Montréal, il prit un billet pour Casablanca et se trouva sur un avion géant qu'il ne put s'empêcher de comparer au Vanguard qui l'avait porté autrefois à Moncton. Seulement, lorsque l'avion eut atteint son altitude, il devint soudain inquiet et agité, sachant bien qu'au bout de son voyage il ne trouverait rien. Ce qu'il ne savait pas, c'était comment ne pas s'y rendre.

— Mademoiselle, dit-il à l'hôtesse, voudriez-vous annuler mon passage.

L'hôtesse continua en souriant dans l'allée, croyant qu'il avait pris un verre de trop et qu'il voulait blaguer. Mais non, pas du tout, il était terriblement sérieux ; il se leva, poursuivit l'hôtesse, la bouscula un peu.

— Mademoiselle, il faut absolument que vous annuliez mon passage.

Il l'avait dépassée, elle revint en courant vers l'avant de l'avion. Baron continua jusqu'à la cabine de pilotage où il surgit hagard et désarmé, répétant Cuba ! Cuba ! On lui dit : « Oui, oui, c'est entendu, Monsieur. A présent retournez à votre siège. » Ce qu'il fit, pacifié pour le restant de la traversée. A l'escale d'Orly, on vint le chercher dans l'avion avec beaucoup d'égards et on le retourna à Montréal, à l'hôpital Saint-Jean-de-Dieu. Il demanda : « Suis-je à Cuba ? » On lui répondit avec honnêteté, comme on doit toujours le faire avec les fous, qu'il se trouvait à l'asile de Longue-Pointe.

— Au moins, dit-il, se souvenant de sa femme, donnez-moi les électrochocs !

On ne les lui donna pas parce que c'est un remède barbare qui se donne de moins en moins, aussi parce qu'il avait une folie de l'esprit et non pas de l'humeur, une folie de système qui n'avait pas envahi tout son esprit, que sur la plupart des choses il pouvait sembler normal. Par malheur, ce n'était pas la plupart des choses qui l'intéressait. Pourvu qu'il adressât chaque jour une lettre à Madame Baron, poste restante, Casablanca, Maroc, il était satisfait, poli et prévenant. Et il aurait fort bien pu se contenter de la vie qu'il menait à Saint-Jean-de-Dieu. Les infirmières lui manifestèrent leur admiration, comme toutes les autres femmes qu'il avait rencontrées dans sa vie, et il y fut sans doute sensible car il soigna sa tenue et redevint le grand bel homme qu'il avait toujours été. Avec ses compagnons il s'accordait bien de même qu'avec les petits internes trop curieux, toujours après lui. Toutefois le temps est lourd dans les lieux d'enfermement, on vit toujours dans les mêmes locaux, les jours se ressemblent tellement qu'on peut même penser qu'il est suspendu comme dans les lieux infernaux où les grandes horloges n'ont pas d'aiguilles. Baron tentait de temps à autre de se faire relâcher. Le médecin se montrait cordial envers lui, l'appelant son « cher pirate de l'air ». Il laissait parler Baron et immanquablement celui-ci en revenait à Casablanca.

— Pourquoi Casablanca plutôt que Naples ou la Côte d'Azur ?

— Parce que ma femme a choisi cet endroit.

Là-dessus il baissait la tête, conscient d'avoir raté son examen de sortie. D'ailleurs ses lettres quotidiennes ne plaidaient pas en sa faveur.

— Pourquoi Casablanca ? demandait le médecin aux petits internes.

111

On les aurait fort étonnés si on leur avait dit que c'était par prémonition. Certains s'étonnaient aussi qu'on gardât Baron interné pour si peu, mais le médecin leur faisait remarquer que c'était un homme d'affaires encore fortuné, au courant du monde et des moyens d'y voyager qui le rendaient cent fois plus dangereux que le faible d'esprit qu'on relâche et qui fera hurler les populations dès qu'il aura couru après une fillette. Le médecin avait l'habitude de dire à propos de Baron qu'il valait presque un général américain.

— C'est le devoir de l'homme de lutter contre l'homme pour l'empêcher d'être trop puissant, par conséquent dangereux.

— Mais vous voulez réduire l'humanité à rien !

— Soyez sans crainte : Dans sa grande ambition, à cause de son goût du pouvoir et de la domination, l'homme ne cesse pas de lutter pour regagner ce que l'homme ne cesse pas de lui ôter.

Baron restait donc enfermé et se rendait compte qu'il le resterait. Il lui aurait fallu renoncer à Cacablanca, il ne pouvait pas, il ne voulait pas. Seules ses lettres lui donnaient la force de vaincre l'inertie des asiles et de ne pas être trop avili. Cependant on lui apportait contre Casablanca des arguments très forts, à peu près les mêmes qu'il s'était servi pour renoncer à son voyage. Mais sans Casablanca, au point où il en était, quel sens aurait eu sa vie ? Il se trouvait rassuré sur beaucoup de choses : ses biens n'étaient pas allés à la curatelle publique. Il avait une assurance-maladie qui lui donnait plus que son salaire de manager. Enfin son petit bungalow était fort bien entretenu, justement par sa curatrice privée, Sœur Agnès de Jérusalem qui venait régulièrement le visiter et le réconfortait car elle gardait confiance en l'avenir ; elle ne savait comment car il était lui-même désespéré. Il l'apprenait par ses lettres où il s'appliquait à ne pas trop se répéter et où il en était à peu près arrivé, dans l'impuissance où il était, à parler au nom de Dieu, lui qui auparavant n'était guère croyant. Et bientôt il comprit que cela ne pouvait pas continuer. On en était revenu à la troisième semaine de juin. Il obtint la permission d'aller visiter l'ancien château-d'eau, la grosse tour de briques rouges qu'il y a à Saint-Jean-de-Dieu. Il monta, devant parfois s'arrêter pour reprendre haleine. Et puis, quand il lui sembla qu'il était très haut, il se jeta par une petite fenêtre où il ne passait que de justesse. Il se fit d'abord une sorte de grand vent fou, puis il perçut le parfum des rosiers sauvages, car il y en avait beaucoup dans les jardins de l'hôpital et tous étaient en fleurs ; alors, au tout dernier instant de sa vie, il crut qu'il s'en allait vers Moncton et Cocagne ; il était redevenu le beau grand jeune homme toujours bien mis, poli et prévenant malgré son exhubérance naturelle et à côté de lui était assise Mademoiselle Ann Higgit à qui il n'avait pas encore parlé. Il fit donc une plus belle mort qu'il n'en parût.

A peu près en même temps Rose-Aimée qui, alerte et fine, s'était assez bien débrouillée en Amérique, passa par Casablanca où elle avait donné son adresse, poste restante, à une jeune femme qui tenait à lui écrire. Pour nom elle avait choisi celui de Madame Baron. Ainsi, quand elle se présenta au bureau de

Postes de la ville et qu'elle eut dit ce nom, l'employé s'écria :

— Enfin, vous voilà donc, Madame Baron !

Il prit la peine de lui trouver un grand sac de papier pour qu'elle pût emporter toutes ses lettres. Elle n'en revenait pas qu'une jeune femme, qui lui était plutôt une inconnue, lui ait tant écrit. Rendue dans la chambre d'hôtel elle sortit du sac une première lettre et devint toute pâle, ayant reconnu du premier coup d'œil le grande écriture régulière de son père.

— Qu'as-tu donc, chère ? demanda le jeune Américain avec qui elle voyageait et qui tentait de lire un quelconque traité boudhiste.

— J'ai trouvé à la poste toutes ces lettres de mon père. Comment a-t-il pu savoir, Seigneur, que je passerais par ici ?

Elle avait vidé le sac sur le lit.

— Dis donc, chère, il t'aime beaucoup, ton père !

Elle répondit sèchement :

— Oui, il m'aime beaucoup... Mais qu'est-ce que ça peut te faire, farceur ?

Le jeune Amerlot qui travaillait l'exquis et faisait dans l'ineffable, qui pour le moins était un garçon délicat, se trouva vexé, referma son traité boudhiste et sortit noblement. Rose-Aimée respira, contente d'avoir tout l'air de la chambre pour elle seule ; elle pourrait lire en paix les lettres de ce père si étrange qui depuis le commencement, les beaux jours de Cocagne, l'avait harcelée, agacée, qui à la fin l'avait rendue franchement malheureuse et dont elle s'était bien vengée sans doute ; il n'en restait pas moins un grand personnage dans sa vie, celui qui pour le moment occupait encore

114

la plus grande place. Les lettres la déconcertèrent. Il s'adressait à elle en l'appelant de son nom, Rose-Aimée, comme si elle avait été sa femme. Lisant avec plus d'attention, elle n'en put douter, mais il n'y avait rien d'incestueux à ça : il la confondait tout simplement avec sa mère, cette pauvre jeune femme qu'elle n'avait pas connue et pour laquelle elle éprouva de la pitié. Ce n'était tout de même pas très normal. Puis il y avait les passages où dans son impuissance il la menaçait au nom de Dieu, lui dont elle n'avait jamais noté la foi ou l'incroyance et qui lui avait toujours paru un homme indifférent en matière de religion. Dans d'autres passages il prétendait être le bon Dieu lui-même. Elle ne continua pas plus loin sa lecture. Examinant les enveloppes, elle trouva qu'elles avaient été estampillées au départ d'un endroit nommé Gamelin et elle crut se souvenir que là était situé l'asile de Longue-Pointe. Baron, son père, était tout simplement fou et enfermé dans une maison de fous, mais avant de le devenir ainsi officiellement sans doute l'était-il depuis longtemps et elle ne s'en était pas rendu compte. Ce n'était donc pas son père bien intentionné et dévotionneux qui l'avait rendue malheureuse, obligée à fuir sur toutes les routes du monde et fait qu'elle était de passage à Casablanca à destination du Népal, mais un fou, un pauvre fou. Elle se mit à pleurer. Dans quel pays absurde, où il faisait toujours soleil, se trouvait-elle ? Vers quel pays absurde s'en allait-elle alors que son père, ce grand bel homme, que toutes les femmes admiraient et qui n'avait d'admiration que pour elle de sorte qu'elle était fière et résolue, dédaigneuse de toutes les autres femmes, alors que son père, vêtu de sacs, peut-être ficelé dans une camisole de force, hurlant après elle, se trouvait au cabanon ? Elle se débattit, cria son nom. Elle était dans tous ses états quand le jeune Américain rentra.

— Qu'y a-t-il, chère ? Qu'y a-t-il donc ?

— Il y a que mon père est devenu fou, qu'on l'a enfermé et qu'il ne cesse pas de crier après moi qui désormais crie après lui.

Et elle se remit à pleurer. Le jeune Américain la regarda avec commisération. Ce n'était pas un mauvais garçon. Seulement il ne savait pas trop quoi faire. Comme il se trouvait dans des trucs très ingénieux et boudhistes qu'il faisait de son mieux pour comprendre, il crut devoir lui parler du Bardo comme si son père était mort et dans l'errance pour quarante-neuf journées. Alors elle se dressa et faillit le mordre à la gorge comme une véritable bête sauvage :

— Race repue, criait-elle, gavée des pauvres richesses de tous les pauvres gens du monde, qui en plus de les leur voler étend au-dessus d'eux la destruction, race ingrate et méchante, tu n'as pas le droit de t'approprier dans l'opulence et l'écœurement des petites choses fines et ingénieuses qui ont été inventées par l'homme sur le qui-vive, dans la privation de tout, pour remplacer toutes les richesses qu'il n'avait pas et qui constituent ce que le monde a de plus précieux ! Tu n'as pas le droit, goujat, salaud, nazi !

Le plus bête dans tout cela, c'est que le jeune Américain, d'abord surpris, l'écouta quand même attentivement, puis ayant réfléchi, déclara qu'elle avait tout à fait raison. Pourtant Rose-Aimée se fichait

bien du Boudha et du Bardo de quarante-neuf jours ;
elle ne pouvait que penser à son père.

— Je vais contremander notre passage pour le
Népal et réserver deux places sur le premier avion
qui partira vers Montréal.

— Je n'ai pas besoin de toi, je veux rentrer seule...
Seule, tu m'entends et ne plus jamais te revoir !

Le jeune Américain sortit de nouveau, alla faire
les arrangements. Quand ils se dirent adieu, Rose-
Aimée ne put s'empêcher de lui sourire un peu, avec
gentillesse. Sur l'avion, après avoir classé ses lettres
selon leur ordre chronologique, elle en recommença la
lecture de la première à la dernière. Elles lui semblè-
rent belles, bien écrites, presque littéraires. Justement elle se demanda si la littérature n'était pas une
folie dépassée qui s'offre à elle-même guérison. Pauvre Baron, manager pour une maison américaine, ayant
son siège social à Baltimore, « un des nôtres qui a
réussi dans les affaires » il manquait certainement de
cette formation, de cette recherche de l'homme sur le
qui-vive, dans la privation de tout, qui invente des
petites choses fines et ingénieuses pour remplacer
les richesses qu'il n'a pas. Elle retrouva le thème de
l'eau insaisissable, son symbole. Une image qui la
déconcerta un peu, fut celle d'une jeune dame majestueuse et belle, rousse au teint de blonde, alors
que sa mère et elle étaient des brunettes de taille
moindre, et qui se nommait Ann Higgit. Cette dame
aurait été de Terreneuve, plus précisément de Corner
Brook. Or, à la connaissance de Rose-Aimée, jamais
son père n'était allé dans ce pays-là. Il devait s'agir
d'une aberration de l'esprit. Après tout, il était fou.

Dans les dernières lettres, le démiurge l'emportait. « Je monterai en haut du ciel et là, dans leur ensemble je verrai toutes les eaux du monde, je comprendrai ton mystère. Partout sur ces eaux, j'apercevrai le reflet de ton visage mutin, ô Rose-Aimée. » Ces lettres l'inquiétèrent. Dans la dernière, il écrivait : « Enfin, ma très chère, les roses sauvages commencent à ouvrir. Voici venu le temps, à partir de Cocagne, de monter dans le ciel. » Elle arrivait à Dorval, elle était très inquiète. Elle se fit conduire sans délai vers le petit bungalow. Au chauffeur qui s'étonnait de sa hâte :

— J'étais en voyage, on a pu me rejoindre : mon père se meurt.

Le chauffeur fit de son mieux. Rendu, il tint à porter tous les bagages dans la maison. Ils étaient beaucoup plus considérables que le petit baise-en-ville avec lequel elle était partie. Elle-même, de sa personne, s'était épanouie. Sœur Agnès de Jérusalem, imperturbable, en faisait le constat et pour la première fois depuis son retour dans le monde elle se sentit contente.

— Je t'attendais, petite. Viens te rafraîchir un peu et manger.

Il faisait en effet très chaud. On était en juillet et quelques pétales, tout bruns et rabougris, tristes à voir, laids, étaient demeurés dans le rosier. Pourquoi n'étaient-ils pas tombés, blancs comme les autres, au terme de la floraison ?

— Vous m'attendiez ?

— Pauvre Rosette, comment pouvais-tu ne pas revenir ?

Rose-Aimée à Sœur Agnès de Jérusalem :

— Mon père ?

— Allons, viens te rafraîchir et manger.

Rose-Aimée s'écroula tout en larmes. Sœur Agnès avait vu bien des malheurs, d'horribles drames au cours de ses longues années, à Saint-Jean-de-Dieu. Elle avait sympathisé, demandé merci au ciel. Elle était alors du côté du malheur et du drame. Maintenant elle s'était élargie et se trouvait au milieu de la vie qui doit continuer, échapper au malheur et au drame. Comme la jeune dame de Corner Brook retournée en Angleterre, elle savait que son grand devoir était de garder en elle le tragique de la vie pour que restât intacte la beauté des jours.

— Il est mort ?

— Ecoute, Rose-Aimée, il l'a fait avec grandeur. A la longue, en son enfermement, on l'aurait avili. Eh bien ! il a pu s'échapper : il est mort comme il avait toujours été, le père que tu as connu, un grand bel homme séduisant que tout le monde admirait et qui n'aima jamais que toi, trop jeune pour l'apprécier, ma pauvre petite fille ! Il faut te réjouir, me comprends-tu, te réjouir !

— Je pleure, Sœur Agnès.

— Pleurer, bien sûr, mais te réjouir aussi. A cette condition, pourvu que tu passes à la salle de bains et viennes ensuite manger, je vais te raconter tout ce qui s'est passé.

Rose-Aimée apprit de la sorte qu'elle n'était responsable de rien.

— Ah ! on dit toujours ça.

— On l'a dit à ton père et ton pauvre père ne l'a jamais compris. C'est pour cela qu'avec beaucoup de noblesse il n'a jamais accepté d'être innocent de la mort de sa femme. Sans doute l'était-il, mais il ne pouvait le comprendre et a-t-il reporté tout son amour sur toi. Pour toi, il a peut-être refusé une femme qui aurait pu le rendre heureux et le garder normal.

— Elle se nommait Ann Higgit, je comprends à présent. Oui, Sœur Agnès de Jérusalem, elle se nommait Ann Higgit, de Corner Brook, à Terreneuve.

— Il se peut, dit Sœur Agnès. Mais toi, pauvre Rosette, qui étais sa fille et non sa femme, était-il en ton pouvoir de le rendre heureux et de le garder normal ? Pauvre toi ! Pauvre lui ! Il est arrivé un moment où il a été tout mêlé, où il a confondu la mère et la fille, où il est devenu jaloux de Ronald qui t'aimait comme il se doit, Rosette, le plus honnêtement du monde et il s'en est fallu de peu qu'il fasse ton malheur. Tu n'es responsable de rien, je te le répète. Comment aurais-tu pu l'être ? tu n'étais qu'une enfant.

Rose-Aimée ne pouvait s'empêcher de croire en tout ce que cette vieille dame sereine et détachée du monde lui disait, excepté une chose et, baissant la tête, elle rectifia :

— Il a bien fait mon malheur, il n'y a pas à se le cacher, mais je ne lui en veux pas, pauvre lui : il ne pouvait faire autrement.

— Serais-tu devenue folle, toi aussi, Rose-Aimée ? Il y a eu ta mère, il y a eu ton père : crois-tu que de génération en génération la tragédie doive se continuer jusqu'à la fin des temps ? Pour qui te prends-tu donc, ma fille ?

— Ronald ne peut plus m'aimer.

— Ronald est fou de toi, Rosette. Et justement, c'est parce qu'il était fou de toi que, vivant très sagement, il a très bien réussi dans ses études. Son père me disait encore hier : «Ah ! si nous n'avions pas eu Rosette ! »

— Mais, Sœur Agnès . . . ,

— Ecoute-moi bien, petite : je ne suis peut-être qu'une vieille niaise ne connaissant rien au monde, qu'une échappée d'asile, mais je ne suis pas sans deviner que l'instruction que tu as reçue au couvent de Tracadie et au couvent de Sillery, pour respectable qu'elle soit, ne suffit pas à hausser une jeune épouse au niveau d'un garçon qui, tout en voulant réussir dans sa carrière, s'interroge sur le monde et veut le comprendre. Ronald est un garçon assez réservé, surtout il t'aime trop, Rosette, pour te demander dans quel autre couvent du monde tu es allée compléter tes études. Je te donnerai seulement un conseil : sois discrète et ne lui dis tout simplement pas où donc tu as appris tout ce que tu sais à présent et que tu ne savais pas, n'ayant que ta bravoure, quand tu es allée lui rendre visite, il y aura bientôt un an, dans son grand asile de fous, près de New York, que ta bravoure, ton trench et ton petit baise-en-ville.

Sœur Agnès de Jérusalem ajouta :

— Si j'étais à ta place, je repartirais pour New York dès ce soir . . . Rosette, ce que tu as pu en apprendre des choses durant cette année ! Au moins tu as appris à arriver à temps : c'est demain que Ronald finit sa résidence.

— Mais, je n'ai pas d'argent.

— Rosette, c'est moi qui a été la curatrice de ton père, va le dire à d'autres, pas à moi. Je te dirai même que s'il était à vendre, ce petit médecin chiac nommé Ronald, qui n'a même pas aussi bel accent que toi, tu pourrais l'acheter, oui, parfaitement, comme on achète un cheval.

Rose-Aimée, à peine arrivée de Casablanca, repartit donc pour New York et, le lendemain, heureuse, elle revenait avec un jeune homme qui semblait encore plus heureux qu'elle. Sur le pas de la porte se tenait une vieille dame sagace qui jubilait en elle-même parce que le monde se trouvait délivré d'une sorte de mauvais sort.

— Voyons, Ronald, grand niais, dit Sœur Agnès de Jérusalem, on n'entre pas n'importe comment dans une maison avec une fillette comme Rose-Aimée !

Alors Ronald, se rengorgeant, avec ce sérieux qu'on apporte à toute cérémonie en pays chiac, à Cocagne et à Bouctouche, et aussi en pays cayen, à Tracadie, à Lamèque et à Caraquet, prit Rose-Aimée dans ses bras pour lui faire passer le pas. Ces deux jeunes gens ne s'étonnèrent pas de trouver un lit large et une chambre claire. Ils ne surent jamais que Sœur Agnès avait rasé le rosier sauvage, extirpé jusqu'à ses racines, et que dans la plate-bande des fleurs banales avaient été semées, des gloriosas, des pavots et des saint-joseph.

Juillet 1971

lettre d'amour

introduction

Les fous rendent témoignage. Leur langage est hermétique. On ne sait trop dans quelle cause ils plaident, quelles sont leurs accusations. D'ailleurs on ne les écoute pas. On les enferme tous ensemble dans les lieux où le temps cesse, où rien ne se passe sauf ce qui a déjà eu lieu ailleurs et dont ils s'obstinent à témoigner, haussant la voix au milieu des insensés qui la haussent de même pour se faire entendre et se trouvent à se couvrir les uns les autres ; ils parlent tous en même temps quand personne ne les écoute ou seulement des gens qui font semblant, dont le métier consiste à être doux et patient, des gens autorisés et qui sont là moins que personne. Le temps mort des asiles n'empêche pas l'autre, le vrai, au-delà des grilles, de rester vivant, de continuer son cours et de s'éloigner. Bientôt le procès refusé, faute de toutes les parties, ne pourra plus avoir lieu ; le témoignage des fous aura perdu son sens, preuve qu'on ne les a pas enfermés pour rien et qu'ils étaient vraiment fous.

— Mademoiselle Cérez, persévérance finale, séparée de son père, Maurice Cérez, biochimiste au laboratoire provincial, honneur et prospérité, alors que j'avais dix-neuf ans, dépareillée, martyrisée, j'en ai maintenant cinquante-sept, venez à mon aide, ne me gardez plus ici, envoyez-moi le rejoindre au cimetière de la Côte-des-Neiges.

Elle égrène son chapelet, la terre tourne, le temps passe sauf le sien. Malgré son long internement, Madeleine Cérez n'a jamais quitté la maison de son père, vieille de dix-huit ans qui ne veut rien entendre, qui a appris seulement qu'il était mort, qu'il se trouve à présent au cimetière, honneur et prospérité, beau monument, simple déménagement, venez à mon aide, m'envoyer le rejoindre, persévérance finale.

Je n'ai jamais su dans quelle cause Aline plaidait, contre qui elle en avait. Sa famille m'a semblé irréprochable de même que le mari. S'il a demandé le divorce, c'est sur le conseil des siens, après dix ans de tentatives vaines de la réintégrer au foyer, à Valleyfield puis à Toronto. Longtemps il a refusé de la tenir pour folle ; c'est à bout de souffle, à présent que leurs enfants sont grands, qu'il s'est résigné à ce qu'elle le soit. Madame Conrad Forgues, née Aline Dupire, avait vingt-huit ans lorsqu'elle fut internée à Saint-Jean-de-Dieu, il y a déjà onze ans ; il semble qu'elle le restera encore longtemps. Sa maladie s'est manifestée pour la première fois après la naissance de son deuxième enfant, Daniel, à Sorel en 1957. Son mari, onvrier spécialisé dans les structures d'acier, y avait suivi son entreprise. Le premier enfant, une fille, Linda, était née à Valleyfield au milieu de la parenté. On crut à la dépression des relevailles, on l'envoya à Saint-Michel-Archange puis, l'année suivante, à Maisonneuve. Dans ces deux hôpitaux elle ne fit qu'un bref séjour. Cependant la maladie continuait d'évoluer, entraînant l'internement qui, les premières années sera coupé de congés d'essai plus ou moins longs, d'une semaine à six mois. Aline suivra son mari à Sept-Iles, à Toronto. Ces congés morcelaient sa réclusion qui ne deviendra complète qu'en 1968. Si par après elle tenta d'y échapper, ce sera en s'évadant comme elle le fit l'an dernier, vite reprise.

L'internement des fous, l'incarcération des criminels, l'enfermement des enfants monstrueux ou difficiles, les uns après procès, les autres d'autorité, découlaient du principe d'exclusion selon lequel l'ordre public doit être maintenu en chassant des villes tout élément de perturbation. Les asiles et les pénitenciers, à l'exception de la prison des femmes, étaient situés hors des murs, tels Bordeaux, Saint-Vincent-de-Paul, le Mont-Providence, Saint-Michel-Archange, Saint-Jean-de-Dieu. Si Fullum restait au cœur de la cité, c'est que la prostitution semblait nécessaire ; cette prison n'était qu'un lieu de correction pour assurer la paix dans les maisons closes. La fermeture des bordels entraînera son déplacement à Tanguay, à côté de Bordeaux. Cependant l'expansion urbaine transforma cette disposition. Les villes rejoignirent les lieux d'enfermement, incluant l'exclusion comme le levain au milieu de la pâte, ce qui changea du tout au tout le principe primordial de l'ordre public. Aussitôt on se mit à dire que les asiles n'étaient rien d'autres que des hôpitaux et que les fous devraient être considérés comme des malades, même si on les soigne contre leur gré — au moins c'est pour leur bien, ce qui n'est pas certain. Demain on englobera les prisons dans le système hospitalier. On le fera par fausse humanité, par peur, pour maintenir le contrat social qu'on ne peut plus imposer par la force.

Saint-Jean-de-Dieu a longtemps été connu sous le nom de Longue-Pointe comme Saint-Michel-Archange l'était sous celui de Beauport, d'où l'expression d'échappés de Longue-Pointe ou de Beauport pour désigner les originaux, les farfelus, les loufoques. Ces deux maisons de fous, ayant perdu leur isolement, font partie dorénavant, l'une de Montréal, l'autre de Québec, ce qui ne veut pas dire que tous leurs pensionnaires s'en rendent compte. Pour Aline, Montréal reste une ville étrangère et le restera. Sa vie se trouve ailleurs, plus loin, à Valleyfield. Elle pense aussi qu'elle est à Toronto.

Elle a été enfermée à cause d'une folie discordante, nommée schizophrénie. Ce terme offre l'avantage de ne pas être significatif d'emblée et d'échapper à la compréhension du malade, complétant son aliénation. La maladie d'ailleurs échappe à celle des médecins qui peuvent tout au plus la reconnaître. Il semble bien que ce soit-là celle d'Aline, même si on a été lent à porter le diagnostic et que par après on l'ait alourdi de débilité mentale ; même si à présent on a l'impression de se trouver devant une érotomanie conjugale, un fol amour pour le mari. Cette passion dévorante (ou cette idée fixe) n'était pas patente à l'admission ni durant les premières années de l'internement. Elle s'est développée avec l'accoutumance à l'asile, quand celui-ci a cessé d'être un cauchemar pour devenir une foire aux illusions ; elle a pris son caractère absolu après que le divorce, demandé l'an dernier, a été accordé. Madame Conrad Forgues, redevenue

Aline Dupire, aux approches de la quarantaine, s'accroche à son titre d'épouse. Elle n'a pas été sans remarquer que depuis près de quatre ans on ne la sort pas ; elle n'est pas sans deviner que son mari ne viendra plus la chercher pour l'emmener à Toronto, qu'il ne reviendra plus jamais, qu'elle l'a perdu. Néanmoins elle lui reste attachée comme jamais elle ne l'a été. Lui parle-t-on du divorce que son sentiment en est exalté. Cette situation impossible la stimule. Elle ne pense plus qu'à communiquer avec lui d'une manière ou d'une autre, par lettre, par téléphone, par l'intermédiaire de parents ou d'amis, en attendant qu'il vienne la chercher. Elle tire parti de tout, rien ne la rebute. Dans la salle elle se tient à l'écart de ses compagnes de réclusion parce qu'elle a la prétention de ne pas être malade, d'être différente, mais surtout parce qu'aucune d'elles ne peut l'aider dans son dessein. Elle en soupçonne même une, dans l'expectative comme elle, souvent assise près de la porte, de vouloir lui enlever Conrad quand il viendra. Elle est plus portée sur le personnel, les gardiennes, les infirmières, le médecin. Avec celui-ci elle se met en frais, répond volontiers à ses questions, d'autant plus ouverte qu'il l'interroge sur sa parenté, le fait vite, sans hésiter, avec bonne humeur. Ses déconvenues nombreuses sont racontées avec drôlerie. C'est tout juste si elle ne se tourne pas en dérision.

— Une fois que je m'étais évadée, je suis allée dans un motel avec un homme marié. Il y avait un téléphone sur la table, près du lit. L'idée m'est venue d'appeler mon mari, à Toronto. J'ai signalé, c'est mon mari qui a répondu, je lui ai dit : « C'est moi, Aline, » puis

131

j'ai passé l'appareil à l'homme marié qui lui a dit où nous étions, qui lui a tout expliqué. Moi, je me cachais en-dessous des draps...

Elle ajoute sentencieusement :

— Mon mari ne me pardonnera jamais.

Cet aveu n'est guère plausible. Elle s'accuse pour excuser son mari. Parfois elle s'exprime avec véhémence, les yeux hagards, les mains tremblantes ; c'est comme une bouffée qui contraste avec l'ordinaire de sa conversation, amicale et enjouée. Menace-t-elle alors ou se sent-elle menacée ? Elle s'éveille parfois en sursaut, la nuit : son père l'a avertie en rêve qu'on voulait la pendre. De fait, elle a déjà tenté de se pendre elle-même. Le médecin fait semblant de l'écouter, il pense à autre chose, qu'il est le substitut du père et que ses bonnes relations avec elle, il les a établies d'autorité en étant celui qui signerait son congé, advenant l'impossible.

Madame Conrad Forgues, née Aline Dupire, est de petite taille, menue, alerte, soignée de sa personne, l'œil vif, la physionomie éveillée, quelque peu énigmatique, de plus de finesse que de simplicité et de franchise. Elle reste sur le qui-vive. S'il se produisait une ouverture, une échappée, elle serait prête, mais elle sait qu'elles ne se produiront pas. Elle a perdu l'espérance tout en gardant la foi. C'est peut-être ça qui affine son air et la rend comme insaisissable, mystérieuse mais non bizarre. Elle se plie à la discipline de la salle, vaque aux occupations dites thérapeutiques, petits travaux fastidieux qui rendent le temps mort productif et permettent de gagner un peu d'argent, deux ou trois piastres par quinzaine. Cet argent lui permettra de téléphoner à Valleyfield ou à Toronto. les deux seules villes qui existent vraiment sur terre, mais que les années semblent éloigner, de plus en plus difficiles à rejoindre, qui la fuient et sont en train de devenir mythiques, une manière d'équivalent du ciel. En même temps, le monde asilaire, d'incroyable qu'il était d'abord, devient possible et vivable grâce à sa monomanie, à ce fol amour qui lui fournit une raison d'être, un mode d'adaptation et de survie. Du point de vue médical, ce système quasi-religieux, si ingénieux fût-il, ne représentait pas moins un échec, le passage définitif de la maladie à la chronicité.

— Tu resteras derrière les barreaux jusqu'à ta mort, Madame Conrad Forgues. Peut-être survivras-tu à tes cieux dévastés de Valleyfield et de Toronto ? Dans dix ans, dans vingt ans, demanderas-tu d'aller rejoindre ton bien-aimé au cimetière comme Madeleine Cérez ? Honneur et prospérité, beau monument, simple déménagement, venez à mon aide, mon mari ne peut pas venir, il m'attend, signez mon congé, je suis guérie, persévérance finale.

Cet échec, le médecin l'avait depuis longtemps pressenti, à cause des deux fausses dépressions de Saint-Michel-Archange et de Maisonneuve, à cause du diagnostic de schizophrénie qu'il avait porté à l'admission en 1960, pour rattraper la maladie et son honneur. L'ennui c'est qu'il tenait surtout à son honneur, sans doute à cause de la hiérarchie des salles, parce qu'il était la plus haute instance de l'autorité. Il ne connaissait alors à peu près rien de la schizophrénie, juste assez pour la reconnaître, c'était déjà beaucoup, du moins il le croyait et se trouvait si fier de son diagnostic qu'il le posait le plus souvent possible de sorte qu'il avait d'assez beaux succès avec les schizophrènes qui ne l'étaient pas ; avec les autres, sans aucune compréhension de la maladie, les traitant à l'aveuglette avec les moyens rudimentaires et brutaux dont il disposait, les électrochocs, l'intoxication médicamenteuse par les neuroleptiques, voire la lobotomie, il en avait d'autant moins que l'internement d'une malade comme madame Conrad Forgues, née Aline Dupire, restée tributaire de la parenté et de la localisation de celle-ci dans telle ville, tel village, qui se retrouvait dans le vide hors de cette parenté, de cette ville, de ce village, modifiait la maladie, faisant du schizophrène l'hôte solitaire d'un monde clos, ce qui équivalait à créer artificiellement une maladie superfétatoire, une psychose carcérale qui achevait de mystifier le médecin, complétant ainsi son ignorance fondamentale. L'échec ne le prenait pas de court. Après avoir interné le malade surtout pour l'avoir sous la main, il n'avait guère cherché à le soigner qu'en y mettant du sien, fort de son honneur et de son autorité, en adoptant envers lui une attitude répressive, tel un exorciste. Si le malade avait l'outrecuidance de ne pas bénéficier de ses supplices, tant pis pour lui ! Il escamotait l'échec et finissait comme il avait commencé, en y mettant du sien, rien que ça, buté sur une ignorance qui le rendait tout-puissant comme un dieu. Au moins l'exorciste se mortifiait quand il ne réussissait pas à délivrer un possédé. Le médecin, lui, ne jeûnait jamais. Il rejetait tout simplement le malade de sa présence, l'envoyant dans une autre salle moins recommandable, vers la chronocité, l'hébergement, vers le temps mort de l'asile, vers les enfers de l'hôpital. L'immense bâtiment était compartimenté en quatre unités, A B C D, lesquelles se subdivisaient en salles de tous les genres. Il y avait une tour, ancien château d'eau, qui attirait l'attention et ne servait plus à rien, monument insolite et peut-être significatif ! Au sous-sol de tenaces rumeurs entretenaient une cave des morts où les fous les plus entreprenants cherchaient à entraîner les folles pour y faire l'amour.

Aline, aussi longtemps qu'elle restera dans l'unité D, dite de psychiatrie, dite aussi des fonctionnels, sera renvoyée d'une salle à l'autre, du court terme au moyen terme, aux salles à long terme où, en étant docile, en régressant, en devenant l'ombre paisible et muette d'elle-même, on l'aurait volontiers oubliée. Cependant ses incartades, ses menaces, une pendaison fort bien machinée qui faillit lui être fatale, la ramenèrent en surface, nonobstant le rejet médical, d'autant plus impertinente. Dans les asiles toutes les aliénations sont permises, toutes les souffrances, tous les malheurs, mais le suicide reste interdit et le médecin se fait un point d'honneur de l'empêcher, un peu comme le Diable en enfer. Mon Dieu ! s'il avait été possible de faire monter Aline sur le bûcher et de la brûler publiquement, en avant de Saint-Jean-de-Dieu, pendant que le médecin bravant les flammes serait monté jusqu'à elle pour lui donner à baiser un des saints livres de la psychiatrie sanctifiante, on ne s'en serait pas privé, vous pensez bien ! Mais c'est là une cérémonie qui ne se pratique plus guère et à laquelle le médecin, justement parce qu'elle n'est plus dans ses saints livres, ne pense même pas. En désespoir de cause, on passa

Aline une autre fois aux électrochocs ; puis, toujours sous le coup du rejet médical resté exécutoire, on nota qu'elle n'avait pas été haut dans les écoles, nantie d'une cinquième année non complétée et n'ayant pas fait, de son propre aveu, sa communion solennelle. Il n'en fallait pas plus pour la faire passer de l'unité D à l'unité C, de la sychiatrie à l'oligophrénie, parmi les idiotes et les imbéciles. Elle n'y sera pas acceptée pour autant. En dépit de son retard scolaire, elle ne cadrait pas en oligophrénie, plus folle qu'imbécile ou faible d'esprit. Par deux fois de Sainte-Agathe, une des salles les plus profondes de l'unité C, elle sera retournée aux Victoires, salle d'admission de la psychiatrie, mais les deux fois sera renvoyée en oligophrénie, la première fois à Sainte-Agathe, la seconde à Sainte-Marie où elle se trouve actuellement.

A défaut d'une classification qui ferait l'unanimité, on doit se rabattre sur une caractéristique qui serait propre au cas de Madame Conrad Forgues, née Aline Dupire. Eh bien ! on ne trouve rien d'autre que ses perpétuels déplacements à l'intérieur de l'hôpital. Son cas se situerait sous le signe de la mobilité et ce signe aurait précédé sa maladie. Il y a beaucoup de voyagement dans sa vie antérieure. Ses familles d'origine et d'alliance, les Dupire et les Forgues, font partie de la main-d'œuvre mobile du pays, dont on se glorifie parfois et qui profiterait au système économique. Il n'en reste pas moins que cette main-d'œuvre fameuse laisse derrière elle pas mal d'inadaptés. On s'est même demandé si sa mobilité ne serait pas une façon de changer le mal de place, de fuir sa propre inadaptation, ce qui expliquerait qu'elle donne naissance à des inadaptés complets qui, eux, restent sur place et ne peuvent pas se leurrer, à supposer qu'ils puissent prendre conscience d'eux-mêmes. Si ces inadaptés le sont au point d'être incarcérés ou internés, ils risquent fort dans les prisons ou les asiles de reprendre en plus minable, en plus gris, les déplacements de leur tribu et de passer leur vie à être renvoyés d'une cellule à l'autre, de salle en salle, de pavillon en pavillon ou d'une unité à l'autre. Il leur arrivera même de changer de prison ou d'asile. Il s'en est fallu de peu qu'Aline passe de Saint-Jean-de-Dieu à l'hôpital psychiatrique de Hamilton.

On a souvent l'impression dans les asiles que ce sont les malades, du moins les long-termes, les chroniques, qui président à l'accomplissement de leur maladie et que le médecin, loin de les empêcher, n'est qu'un exécutant à leur service. Par exemple, on lit dans un dossier qu'une fille prétendait en 1960 avoir été atteinte d'une balle à la tête par son oncle — calibre trente, Monsieur, je suis morte, vous ne pouvez plus rien pour moi. On pouvait quand même essayer de lui démontrer qu'elle délirait — Calibre trente, Mademoiselle, tant que vous voudrez, mais où est donc la cicatrice ? — Il m'a tirée, j'ai entendu le coup, énorme, Monsieur, je suis tombée. — A présent que vous vous êtes relevée, Mademoiselle, montrez-moi la cicatrice... Il n'y a pas, bien entendu, de cicatrice. Toutefois, quatre ans plus tard, sous prétexte que la folle est plus folle que jamais, qu'elle a eu son quota d'électrochocs, qu'on lui a donné tous les neuroleptiques connus à fort dosage, l'intoxiquant maintes fois, on se décide pour la lobotomie : désormais l'oncle tire, coup énorme, calibre trente, sa cicatrice à la tête elle l'a.

Les Dupire sont originaires de Sainte-Eulalie, un village du bas du fleuve dans les parages de Rimouski, « ne m'en demandez pas plus, dit Aline, car je n'y suis jamais retournée. Nous vivions sur une terre, celle du grand'père Dupire que nous gardions à la maison. Il était bien vieux, quasiment retourné en enfance et toujours après moi, à me tripoter. Je m'en plaignais à ma mère, elle haussait les épaules, prenait un air fâché et disait : voyons Aline ! comme s'il s'était agi de quelque chose qui ne se pouvait pas, d'une lubie de ma part. Pourtant le vieux, il me tripotait, je m'en rappelle, c'est même, avec l'obstination de ma mère à ne pas me croire, tout ce dont je me rappelle de Sainte-Eulalie. A l'école, je devais faire comme les autres, ni meilleure ni pire, sans récompense ni punition particulières, passant inaperçue : comment n'aurais-je pas oublié ? » Aline est la neuvième de dix enfants vivants. Elle a vécu en milieu rural jusqu'à l'âge de douze ans. Alors toute la famille émigrera de Sainte-Eulalie à Valleyfield. Plus de grand père achalant et impuni. Par contre son père continuera de la bercer comme à Sainte-Eulalie, le soir, de même qu'Esmeralda, la cadette. Il dut ne pas y prendre garde, il semble avoir continué de le faire au-delà de l'âge convenu. A la mère austère, peut-être malade, qui ne fit pas vieux os à Valleyfield, il a suppléé par une présence chaleureuse, sans doute nécessaire, dont la perte coïncidera avec le début de la maladie d'Aline, à Sorel.

A propos du grand-père et des petits riens incestueux, monnaie courante dans les familles tradition-
nelles, le médecin lui a demandé s'il ne lui était pas
arrivé d'autres ennuis du genre. Elle ne lui a pas
parlé de son père. Elle a répondu qu'une fois, alors
qu'elle avait seize ou dix-sept ans, un de ses frères lui
aurait fait des avances, avances plutôt ingénues auxquelles il avait mis fin de lui-même, faute de savoir
mieux, en l'enfermant dans le placard de la chambre.
— Madame Forgues, ce n'étaient que des agaceries
sans conséquences comme il en arrive partout dans les
maisons quand un adolescent s'excite à jouer avec sa
sœur ; il oublie qu'il n'est plus un enfant, un moment
de distraction, c'est tout.
Aline convint volontiers qu'il s'agissait d'une
bagatelle et le médecin n'y pensa plus. Cependant la
lecture de sa lettre, l'étude de son dossier lui avaient
permis de constater que de tous ses parents celui qui
montrait le plus d'attachement, c'était Benoît Dupire,
son frère. Vendredi-Saint, lorsque Linda et Daniel
Forgues s'amenèrent de Toronto pour voir leur mère,
ils étaient passés par Valleyfield et c'est lui qui les conduisit à Saint-Jean-de-Dieu. Tout au cours des onze
dernières années, celui qui l'a visitée le plus souvent,
c'est lui et de beaucoup. De plus il semble que dans
le clan des Forgues-Dupire son attachement pour Aline
soit notoire, reconnu comme allant de soi, tel un phénomène de la nature. Au cours de sa dernière évasion,
elle téléphona par deux fois à Valleyfield, la première
à un Dupire pour qu'il vienne la chercher, la seconde
à une belle-sœur Forgues pour lui demander de payer
le voyage en taxi ; les deux refusent sous prétexte de

maladie ou de chômage et les deux d'ajouter : « Appelle donc Benoît. » Le médecin a voulu connaître la raison de cette fidélité. Aline lui a répondu qu'elle n'était pas plus attachée à un de ses frères plus qu'à un autre et que si Benoît venait la voir plus souvent, c'était par adon, sans raison particulière, sans doute parce qu'il lui était plus facile de venir que les autres. Lucie, la femme de Benoît, ne manque jamais de l'accompagner. Existerait-il entre Aline et sa belle-sœur une forte amitié et serait-ce par sa femme que Benoît lui est resté fidèle ? A quoi Aline a répondu qu'elle s'entendait bien avec sa belle sœur Lucie, rien de plus. Le médecin restait en mal de son explication ; il a pensé alors qu'après onze ans d'internement, rendue égocentrique, une malade pouvait n'avoir aucun souci d'amitié, avide seulement de quémander, prenant tout, que ce fut de celui-ci ou de celui-là. Soudain, une idée : le placard.

— Madame Forgues, est-ce Benoît qui t'a enfermée dans la garde-robe ?

— Oui, de répondre Aline.

Dans la famille traditionnelle (et même dans toute famille, on suppose), les petits riens incestueux vont de soi, on ne s'y arrête pas ; s'ils prennent des proportions telles qu'ils attirent l'attention, on ne les retient pas pour autant ; on tente plutôt de les oublier ; on le fait par discrétion en évitant d'en parler et de leur donner ainsi une deuxième vie, en les mémorisant dans la saga familiale. Quand le grand-père lui faisait des agaceries indécentes, Aline se plaignait à sa mère qui lui disait : « Tais-toi, ce n'est pas vrai. » C'était sans doute un biais pour lui enseigner la discrétion, mais Aline ne semble pas avoir compris la leçon. Dans son cas, ce ne sont plus des petits riens, il y a un fort relent d'inceste qui, pour émaner d'elle, n'en jette pas moins de la suspicion sur la famille, à tort, bien entendu, mais c'est quand même à cause de cela qu'elle n'a pas été envoyée de Saint-Jean-de-Dieu à l'hôpital psychiatrique de Hamilton, il y a quatre ou cinq ans, après l'installation de son mari à Toronto. Ce mari semblait lui être sincèrement attaché. Pour la rapprocher de lui, le médecin avait entrepris des démarches, lesquelles tournèrent court lorsqu'il eut vent, ainsi qu'il l'a noté au dossier, que le mari n'était pas ce qu'on pensait et qu'il vivait en concubinage avec la sœur cadette d'Aline, Esmeralda, qui élevait alors ses deux enfants, Linda et Daniel. Cette supposition n'était pas fondée. Le médecin ne la retient plus ; il regrette même qu'elle reste inscrite au dossier sans guillemets. Esmeralda, en plus d'être la sœur d'Aline, avait épousé le frère de Conrad Forgues. Il se serait agi alors d'un double inceste. Or, aux dernières nouvelles, Esmeralda Dupire et Ernest Forgues font toujours bon ménage à Toronto.

Mais il n'y a pas de fumée sans feu. Aline n'est jamais parvenue à s'expliquer son échec conjugal. Elle pressent néanmoins quelle en est la cause et cherche à s'en tenir responsable, d'où son incessant besoin, depuis qu'elle est internée, de s'accuser de toutes sortes de choses, de celle-ci en particulier : qu'elle imagine coucher avec son beau-frère Ernest quand elle le fait avec son mari. Ce phantasme anodin a cheminé au travers de la salle, propagé de gardienne à infirmière. Des patientes s'en sont sans doute mêlées car

Aline se trouvait alors aux Victoires ou au Rosaire, salles de psychiatrie où ses compagnes, pour être dérangées, n'en gardaient pas moins une intelligence normale. Les lieux d'enfermement, tels des milieux de culture, se prêtent à des élaborations subtiles. Le personnel s'y trouve en partie captif, donc solidaire des malades. Le phantasme d'Aline, tout en gardant son fond incestueux, s'était à la longue retourné vers l'extérieur, contre le mari, surtout lorsqu'on eut appris que la belle-sœur prenait soin des enfants. Ce revirement permettait à la pitié qu'on avait de la patiente de s'exprimer, d'autant mieux que le mari était plus coupable... Madame Conrad Forgues n'a donc pas été envoyée de Saint-Jean-de-Dieu à l'Hôpital psychiatrique de Hamilton. Elle y aurait été d'ailleurs complètement perdue, nonobstant la proximité de Toronto.

Un tel malentendu s'explique aussi d'une autre façon, par la complexité du clan des Forgues-Dupire qui est nombreux, où les parents sont désignés par leur prénom. On peut s'y mêler. Dans l'esprit d'Aline la nomenclature est claire, dans le vôtre elle l'est moins car vous ne savez pas qui est Cécile, la femme de Bertrand Daigneault, si elle une Dupire ou une Forgues, une sœur ou une belle-sœur ; qui est Léo, car il y en a deux ; Léo Forgues et Léo Dupire. Vers 1966, année du malentendu, époque qui n'est pas si lointaine qu'elle reste encore la nôtre, on restait fasciné par le mot schizophrénie ; on le disait, tout était dit et l'on était nullement curieux du nous familial, de ce cocon où restait pris la schizophrène. La dissociation, la fameuse dissociation de la personnalité, le médecin la favorisait en voulant réduire la maladie au malade et à le traiter comme s'il avait la rougeole ou l'appendicite. Il étouffait le témoignage d'une affection qui se situait au niveau de la socialisation, non à celui des viscères, dans un procès dont on ne comprenait pas encore le code. Il lui aurait fallu connaître les parties en cause, consulter l'antropologue et non le biochimiste. D'ailleurs il se méprenait, nommant schizophrénie la seconde instance de la maladie, soit la psychose artificielle suscitée par l'internement, et se mettait dans l'impossibilité de rejoindre le malade dans son monde, parmi les siens qui lui avaient été de mauvais profit, qui l'avaient empêché d'établir des relations humaines, de trouver de l'affection et de l'amour en dehors d'eux-mêmes. C'est là que se trouvait le nœud qu'il fallait dénouer pour libérer le malade, au moins pour l'écouter. Le médecin n'en avait qu'un vague pressentiment, une idée si vague que tous les malentendus devenaient possibles, témoin cette supposition d'inceste suscitée en partie par la malade, élaborée par la salle et parvenant à tromper le médecin parce qu'il ne se souciait guère de généalogie, ignorant qu'Esmeralda, la présumée concubine, ne portait pas le nom de Forgues du fait de son concubinage mais parce qu'elle était la femme d'Ernest Forgues, le frère du mari. « Ah ! disait le docteur Melasson, teint sombre et facies figé, de la cave des morts à la grande tour désaffectée, on est tous un peu piqués icitte, » et il faisait la culbute quand il était seul dans son bureau. « Ah ! parlez-moi de la lobotomie, » disait le docteur Dumât, le dégraisseur de la maison. En plus du rejet médical il existait une impatience dans la profession, dont toute la science restait fondée sur la lésion cadavérique, une

143

impatience légitime devant les malades dits fonctionnels, dont l'autopsie n'aurait rien révélé. « Ah ! parlez-moi donc, parlez-moi donc de la lobotomie ! »
Dans cette impatience on passait à l'acte, on la créait
artificiellement, la lésion. Pan ! Pan ! l'oncle tire,
coup de tonnerre, calibre trente, Mademoiselle Gagnon
l'aura désormais, sa cicatrice à la tête. Pan ! Pan !
la trépanation, on farfouille dans le cerveau et avec
quel résultat ! Avec le résultat qu'on a pu parler d'un
sadisme médical. Pourquoi se serait-on privé ? Les
fous étaient sans défense. Aline n'a pas été loboto-
misée tout simplement parce qu'elle est entrée trop
tard à Saint-Jean-de-Dieu et qu'après 1967 on avait
cessé de pratiquer cette intervention désastreuse. Par
contre elle recevra plus que son quota d'électrochocs.
« Il nous reste au moins ça, ! » dit le docteur Dumât.

Dans un clan, comme celui des Forgues-Dupire,
les membres les plus dépendants, surtout les adolescents, cherchent à se substituer aux aînés, à vivre leur
expérience par procuration, à l'assumer au point d'en
tirer gloire si elle est glorieuse, de s'en sentir coupable
si elle est répréhensible. On n'a rien fait soi-même que
déjà, investi par le nous familial, on a l'impression
d'avoir fait beaucoup. Aline, comme on l'a déjà dit,
n'a pas l'habitude de porter intérêt à ses compagnes
de réclusion. S'il en est une dont elle ne mentionne
pas le nom et qu'elle désigne comme « la femme qui
a tué sa petite fille de deux ans et demi », qui lui a
fait grande impression, lui inspirant même de l'horreur,
on ne saurait l'expliquer que par sa sœur Eléonore
séparée de son mari et maîtresse d'un médecin de
Valleyfield. « Je peux vous le nommer, dit Aline, c'est

le docteur Untel. » Eléonore devint enceinte et avorta, assistée par son amant.

— C'était peut-être aussi un accouchement. En tout cas l'enfant est mort, j'ai toujours pensé qu'ils l'avaient tué. Moi, j'avais alors seize ans. On m'avait envoyée pour aider Eléonore. J'ai pris soin de ses deux enfants dans la cuisine, les empêchant d'aller dans la chambre. Je n'ai pas vu ce qui s'est passé. C'est par après que j'apprendrai tout.

Il y a de ça une vingtaine d'années et Aline reste encore sous l'impression d'avoir participé à un crime. Il lui est arrivé tant et plus de se déclarer « coupable de l'échafaud ». C'est une de ses hantises. A la nouvelle que son vieux père était paralysé, lui dont elle avait entendu la voix et qui l'avait avertie qu'on voulait la pendre, elle déclara à son frère Benoît : « Moi, je pense qu'il a été pendu, tu ne m'ôteras pas cette idée de la tête. »

— Ecoute, Aline, je vais t'emmener le voir à l'hôpital : tu verras bien qu'il est paralysé, qu'il n'a pas été pendu.

— Non, Benoît, je n'arrive pas à te croire.

Justement parce qu'elle a déjà tenté de se pendre et qu'elle reste menacée de l'échafaud. Le médecin lui a dit qu'on ne pend plus de nos jours, elle ne l'a pas cru, sans doute parce qu'elle se sait encore capable de le faire.

Elle avait douze ans, ai-je dit, lorsque toute la famille, le père, la mère les dix enfants, émigra de Sainte-Eulalie à Valleyfield, une ville où il y a de l'industrie, particulièrement une filature. C'était à l'époque de grèves qui marquèrent la fin de l'union ouvrière dirigée par Kent Rowley et Madeleine Parent ; le grand vicaire de Monseigneur Langlois, qui deviendra le cardinal Léger, était intervenu vigoureusement, allant jusqu'à mobiliser les zouaves, cette sainte milice pontificale, contre les communistes. Bon temps pour les scabs. Un oncle paternel, marié à une sœur de la mère, les avait précédés et sans doute incités à suivre. A Sainte-Eulalie, quand on est établi sur une terre où l'on subsiste tant bien que mal, il y a un problème de migration qui se pose, lorsque les enfants grandissent et qui se résout de deux façons : ou bien les enfants s'éloignent l'un après l'autre, laissant les parents mourir sur place ou bien c'est toute la famille, formant déjà un petit centre de main-d'œuvre, qui va de la campagne à la ville. Les Dupire émigrèrent en bloc. A Valleyfield, leur solidarité se trouva nécessairement fortifiée. Néanmoins la mère aura du mal à s'adapter, Aline de même, à la fois trop jeune et trop vieille, trop jeune pour se mettre au travail comme le père et les aînés, trop vieille pour oublier les facilités de l'école du rang, apprendre ce qui lui manquait, se reclasser dignement, selon son âge, à l'école de la ville. Certes sa petite taille l'avantageait, mais trois ans après la grande migration des Dupire, ayant atteint la quinzaine, encore en cinquième année, elle devenait quand même dépareillée parmi ses compagnes. Ici même, à l'asile, elle se tient à l'écart. Peut-être reprend-elle l'expérience vécue à Valleyfield ? Fière et timide, le fait de sembler sous-douée devrait la couvrir de honte. Elle quittera l'école sans avoir fait sa communion solennelle et semble y attacher de l'importance. Cette cérémonie, autrefois, dans les villages, mettait fin à l'école, sorte d'équivalent des rites d'initiations par lesquels on cessait d'être un enfant pour devenir adulte. Son père a pu s'y tromper et continuer de la bercer, le soir. Esmeralda, la cadette, ne tardera pas à la dépasser en taille ; de plus, arrivée plus jeune à Valleyfield, elle s'adaptera à l'école, poursuivra ses classes jusqu'en septième ou huitième année et fera, elle, sa communion solennelle. Aline, restée enfantine, deviendra la cadette. Plus tard, jalousant sans doute Esmeralda, il sera assez normal qu'elle s'imagine coucher avec Ernest Forgues, le mari d'Esmeralda, quand elle le fait avec Conrad, le sien.

De l'école elle ira travailler en usine, dans une distillerie, la Canadian Cheney, et gardera son emploi pendant un an environ. Ensuite elle sera bonne ici et là, à court terme, plus ou moins rémunérée, plutôt moins, surtout quand elle va prêter main forte à des membres de la famille, à sa sœur Eléonore, par exemple. Elle aide aussi à la maison. Après deux ans de va et vient, sa mère meurt d'un cancer ; elle tiendra dorénavant maison pour son père. C'est cette petite ménagère que connaîtra Conrad Forgues. Il travaillait dans le coton.

— Mon père le poussera dans les structures d'acier. On y gagne de meilleurs salaires. Nous nous marierons et c'est à la maison, à Valleyfield, que j'aurai ma petite fille, Linda. Ensuite je deviendrai enceinte de Daniel et nous déménagerons à Sorel où le travail de mon mari l'appelait. Mon père, toujours veuf, nous suivit. Entre temps, Esmeralda épousa Ernest Forgues, le frère de mon mari.

C'est une preuve qu'Aline n'était pas une mauvaise épouse. Ainsi se trouva répétée la double alliance de son père et de l'oncle Wilfrid qui, à Sainte-Eulalie, avaient épousé deux sœurs, des demoiselles Lesage. Ici commence la période des noirceurs. De Sorel même, Aline ne se rappelle que le nom. « C'est là, paraît-il, que j'aurais eu Daniel. Je ne me souviens de rien ! » Son père auparavant avait quitté le jeune ménage pour retourner convoler à Valleyfield. Déjà il avait courtisé une vieille fille.

— C'est elle qui a presque tout fait le trousseau de Linda. Elle restait parfois à la maison et couchait avec mon père. Une bonne personne, humble et avenante, mais nous autres les enfants, nous n'en voulions pas et nous avons pour ainsi dire forcé mon père à rompre avec elle.

Le bonhomme Dupire en avait retenu la leçon. Quand il décida de convoler, non plus avec cette vieille fille mais avec une autre, il fit sa petite affaire vite, sans y mêler ses enfants, et installa sa femme chez lui, loin d'Aline, à Valleyfield. Ç'avait été dans la solitude de Sorel, loin des siens, abandonnée par ce père qui l'avait bercée si longtemps et dont elle avait tenu la maison comme une vraie petite femme, que celle-ci était tombée malade après la naissance de son fils Daniel et avait fait un court stage à Saint-Michel-Archange, en 1957, probablement sous un diagnostic de mélancolie. Ses enfants avaient été rapatriés à Valleyfield ; dès lors elle ne s'en occupera plus guère. Aujourd'hui, devenus grands, ils l'intimident comme des étrangers. A son retour de Beauport, elle ira les rejoindre ; l'année suivante, sera de nouveau hospitalisée, cette fois à Montréal, pour « dépression nerveuse et réaction paranoïdes ». Retournée chez elle, enfin elle sera internée pour de bon en mars 1960 ; la dépression s'est corsée, elle souffre dorénavant de psychose schizo-affective, une forme de la schizophrénie pour les femmes qui ont un bon mari. Actuellement Aline garde bonne mémoire de tout ce qui s'est passé à Valleyfield, ne retient de Sorel que le nom et a tout oublié de Saint-Michel-Archange et de l'hôpital Maisonneuve. On s'explique cette amnésie par le fait qu'elle s'y serait trouvée au milieu d'étrangers avec lesquels elle ne se sentait rien en commun, même s'ils étaient de même langue. Au début de son internement à Saint-Jean-de-Dieu, même perdition.

— C'est aux Victoires que j'ai repris conscience quand je me suis retrouvée face à face avec Jeannine Marier, une fille que j'avais connue à Valleyfield, à l'école puis à la Canadian Cheney. Ensemble nous nous sommes mises à dire en riant : « Nous sommes des asileuses ! Nous sommes des asileuses ! » Et nous n'arrêtions pas de rire, de rire, tout en répétant : « Des asileuses ! Des asileuses ! »

Sur les commencements de sa maladie, elle ne peut fournir quelques renseignements qu'après ses séjours à Saint-Michel-Archange et à Maisonneuve, en 1957 et 1958, lorsqu'elle était à Valleyfield dans le laps de temps qui a précédé son internement. On lit au dossier qu'elle négligeait ses enfants, faisait des fugues, croyait entendre parler d'elle-même à la télévision et cherchait à deviner l'avenir, ayant besoin de tout anticiper, ligotée faute de le pouvoir et fainéante. De son aveu, elle se couchait très tard, jamais avant une heure du matin, un horaire qui ne correspondait guère à celui du mari, astreint par son travail à se lever et à se coucher tôt. Elle perdait la plus grande partie de son temps à lire des romans illustrés. Le matin, elle se levait pour faire déjeuner les enfants, puis se recouchait. L'après-midi elle s'assoyait parfois sur la galerie et jasait avec la femme du propriétaire, Madame Prince. Or cette dame avait un fils nommé Lucien et c'est à son propos que pour la première fois on peut parler d'érotomanie : Aline l'aurait aimé et il n'en aurait jamais rien su ; elle l'aurait aimé sans savoir elle-même ni comment ni pourquoi, sans jamais lui faire d'avances ni même tenter de lui parler. Par contre elle fera part de cette infidélité à son mari. Un soir, elle quitta la maison, elle voulait aller à Montréal. Elle a rencontré un homme, peut-être a-t-elle couché avec lui, peut-être non, elle ne se souvient pas. Cet homme évanescent reprendra conscience plus tard après que son mari l'aura emmenée coucher dans un motel ; elle se laissera entraîner et c'est lui qui du motel téléphonera à Toronto pour apprendre au mari son infortune. C'est la seule fugue qu'elle avoue. Par contre il semble qu'elle ne se soit évadée de Saint-Jean-de-Dieu qu'une seule fois et elle prétend l'avoir fait maintes et quantes fois. Il est difficile de distinguer chez elle la réalité de la fantasmagorie. Il y a chassé-croisé entre les deux. La fantasmagorie répond à deux besoins, d'abord de donner quelque apparence à sa culpabilité d'avoir été mauvaise épouse, mauvaise mère, puis d'expliquer, ces dernières années, l'abandon de son mari. Elle donne une forme à ses regrets, à l'échec de sa vie, échec qu'elle n'avoue que par parcelles et qu'elle n'admet pas du tout, dont elle ne peut justement pas se tenir coupable. Vers 1958, elle ne s'occupait guère de ses enfants, même si elle insiste pour dire qu'elle se levait afin de leur servir à déjeuner ; elle les évitait, dormant lorsqu'ils étaient debout, veillant lorsqu'ils dormaient. De cette incurie elle ne s'accuse pas, se contentant de la mentionner. Sans doute ne laissait-elle pas d'en souffrir. Après l'internement, lorsqu'elle sortira en congé, elle se plaindra de ses sœurs et belles-sœurs, même de la fille engagère, qui l'empêchaient, dit-elle, de remplir ses devoirs de mère de famille, la gardant à ne rien faire sous prétexte qu'elle était malade. Son attitude envers son mari sera aussi équivoque.

— C'était un bel homme, un bon mari. Il rapportait de grosses gages. Seulement je ne pouvais pas parler avec lui.

Dans sa lettre elle écrit de profil, évitant de lui faire face et pas une fois ne l'appelant de son prénom. On devine qu'elle l'a fui comme elle a évité ses enfants. Les années ont passé, les enfants ont grandi ; pleins de pitié et de respect pour elle, ils ne sont plus les siens, elle s'en est bien rendu compte, lors de leur visite du Vendredi-Saint. Par contre elle aime à présent son mari follement, sachant bien pourtant qu'elle l'a perdu à jamais comme ses enfants. Conrad Forgues n'a rien négligé pour la sauver. A partir de Sorel, après Saint-Michel-Archange, après Maisonneuve, jusqu'à son internement, en 1960, il n'a jamais désespéré de sa guérison ; de 1960 aux débuts de 68, pendant sept ans et demi, il la sortira régulièrement. Les dernières fois, Aline a remarqué qu'il avait commencé à boire.

— Je suis restée saisie dans l'auto, quand je l'ai vu sortir une bouteille de Rye. Auparavant, jamais cela ne lui arrivait. Tout en conduisant, il en a bu un coup à même le goulot ; j'avais peur qu'il ne nous arrive un accident. Ensuite, au lieu de continuer à Valley-field, il m'a emmené coucher dans un motel. Ça de même, c'était nouveau.

Pourquoi se serait-on pressé d'arriver à Valley-field ? Daniel et Linda étaient restés à Toronto. Les frères et les beaux-frères commencent à avoir de grands enfants ; ils ne sont plus friands de visite comme autre-fois. Alors quoi ! on va coucher au motel pour ne pas les déranger. Mais de Saint-Jean-de-Dieu, dans le temps mort des asiles, comment Aline comprendrait-elle que les années ont passé, qu'il y a quelque chose de changé à Valleyfield et dans la famille ! Il faut lire ce qu'elle fait dire à la Kelly, cette compagne de réclusion qui rêverait de lui débaucher son mari, à pro-pos des nuits passées dans un motel. C'est infamant parce qu'elle est restée à 1960, peut-être même à l'heure de son père. Pourtant Aline n'est pas prude. L'amour physique garde une place dans sa vie. Quand elle était à Sainte-Agathe, elle disait à qui voulait l'en-tendre qu'en se masturbant on pouvait se passer de mari. De Sainte-Agathe on l'avait renvoyée en psy-chiatrie, aux Victoires, d'où on la retournera en oligo-phrénie, à Sainte-Marie. Elle s'y trouve depuis une couple de mois et ne se masturberait plus. Par contre elle ne peut plus regarder la télévision.

— Ça me fait penser à la couchette, je me sens mal. Mais c'était pire, il y a une semaine : je ne me possédais plus. J'ai eu une chicane avec Garde Rondeau qui s'est finie par une crise de larmes. Depuis je me sens mieux.

Quelques années auparavant, son mari l'avait emmenée une fois, sans passer par ce motel, au bord de l'eau, près de Valleyfield. Il avait loué un chalet et voulait passer une semaine en famille avec les enfants. Aline l'a supplié de revenir à Valleyfield, ne pouvant souffrir la vue de l'eau ; elle était toujours sous l'impression qu'une petite fille allait se noyer. A vrai dire, ces sorties tant désirées ne lui causent guère de joie, ce qui ne l'empêche pas, le moment venu de rentrer, de chanter pouilles à son mari quand elle ne lui a pas fait de crise. Ici, un aspect qu'on n'a pas signalé : Aline est une petite femme plutôt frondeuse qui le sera d'autant mieux qu'elle chantonne. Alors, quand elle rentrait ainsi contre son gré et que le médecin la faisait venir pour la questionner, elle arrivait en chantonnant : « Quoi ! on a pas le droit de sortir avec les garçons ? »

— Vous sortez avec les garçons ?

— Oui, docteur, et c'est rien que pour ça que mon mari me garde enfermée.

Ces congés d'internement étaient plus ou moins longs, une semaine, quelques mois, congés d'essai pour une période indéterminée. Le plus important se situe à Sept-Iles, sans les enfants, entre le 28 septembre 1962 et le 6 juin 1963. Quand on travaille à élever des structures d'acier, on vagabonde à la merci de la construction. Après Sept-Iles, ce sera Toronto.

« Depuis deux mois, lit-on au dossier, le mari insistait pour la prendre en congé de six mois. Nous l'avons accordé. » Et pour cause ! De 1960 à 1961, Aline avait subi la thérapeutique par excellence, soit cinquante-neuf électrochocs. Dans les circonstances, à bout de ressources, on est toujours content de se débarrasser d'une patiente. « Madame Forgues est revenue agressive, hallucinée. Elle dit (sans doute après avoir chantonné) vouloir sortir avec les garçons. Elle parle de garçons et non pas d'hommes. C'est une expression d'adolescente. Elle fronde et parle au fond pour ne rien dire. » D'ailleurs à l'hôpital, où il y a des rencontres entre patients et patientes, où certains couples réussissent, surtout l'été, à coïter furtivement, jamais Aline n'a cherché à tromper son mari. Le 17 juin 1964, autre congé d'essai à Toronto. Le dernier a eu lieu du 28 décembre 1967 au 2 janvier 1968. « De retour nerveuse, hallucinée, agressive. »

Depuis le début de la maladie, après la naissance de Daniel à Sorel en 1957, les enfants ont été élevés ici et là dans une des nombreuses familles de la parenté, à Valleyfield d'abord, puis à Toronto. Déjà plus grands que leur mère, ils ont été polis et réticents avec elle, lors de leur visite du Vendredi-Saint. La semaine suivante, lorsque le médecin a voulu la voir à Sainte-Marie, elle était dans la salle de séjour et tricotait. « Voyez, je suis à me préparer un trousseau. » C'était un bonnet de bébé, peut-être pour Linda et Daniel revenus au berceau, peut-être pour un nouvel enfant, celui qu'elle aurait de son mari Conrad devenu inaccessible.

Au besoin qu'elle a de se culpabiliser afin de se rendre responsable d'une vie qu'elle a gâchée contre son gré, peut-être à son insu, au thème de l'échafaud fréquent dans son délire, s'ajoutent les tendances suicidaires qu'elle cherche à minimiser. Elle dit au médecin qu'elle a déjà cherché à mourir et bu à cette fin une bouteille d'huile Saint-Joseph.

— Et la fois du drap?

— Bah! Je voulais faire peur à une gardienne.

Le visage déjà noir, sauvée de justesse, elle avait réussi à faire peur à tout le monde. On n'aime pas les suicides dans les asiles, non, pas du tout! Une autre série d'électrochocs, Madame Forgues... Depuis un an, le médecin n'a connu qu'une personne plutôt enjouée, à la fois polie et espiègle, qui ne lui a pas donné l'impression de vouloir mourir, qui prétend n'être pas malade et l'a toujours prétendu. Elle prend par contre sa médication et s'est même inquiétée le printemps dernier, quand on l'a réduite à pas grand'chose. La seule chose qu'elle redoute, ce sont les électrochocs.

— On vous met des affaires sur la tête comme si on était téléphoniste, puis on vous pique au bras et l'on ne parle pas à Valleyfield ou à Toronto : on perd lumière et l'on se retrouve dans son lit morfondue et embrouillée comme si l'on avait été bien malade.

Le médecin a tenté de lui parler d'une annulation de mariage. Elle l'a regardé de biais, d'un air étonné, sinon incrédule, un peu comme s'il déraisonnait, ce médecin. Depuis que son mari ne vient plus, son attachement s'est accru, et depuis qu'on a parlé de divorce, elle ne vit plus que de fol amour. Si on avait prêté plus d'attention à son cas, peut-être aurait-on pu prévoir ce dénouement, cette échappée ? En 1958 ou 59, n'avait-elle pas aimé ainsi le fils de sa propriétaire, Madame Léo Prince, le prénommé Lucien à qui elle n'avait jamais adressé la parole ? A ce moment-là, elle n'aimait pas son mari, Conrad Forgues. Elle lui avait dit : « Je te trompe, j'aime Lucien Prince. » Le mari, plus dans la réalité qu'elle, connaissant bien la propriétaire et son fils, n'avait pas eu lieu d'être jaloux. Son rival n'était qu'une chimère et sans doute avait-il mis cette infidélité toute verbale au compte de la maladie d'Aline ? Maintenant il s'est fondu en Lucien Prince, il est devenu lui-même la chimère avec une persuasion que n'avait pas le fils de la propriétaire, car il est le mari, celui dont on porte le nom, à qui on a été unie pour la vie et qu'on peut aimer ouvertement, à la face de Dieu. Aline se nomme Madame Conrad Forgues. Son devoir est de n'aimer que Conrad Forgues. Dès lors toutes les difficultés que cet amour rencontre, l'impossibilité même de le satisfaire, deviennent des sujets d'exaltation. Ses deux enfants Linda et Daniel, sont venus de Toronto, Vendredi-Saint. C'est la preuve que son mari aussi viendra. S'il n'est pas venu, c'est qu'il était retenu au travail tout simplement. Aline l'attend.

— Non, docteur, je ne veux pas aller en foyer chez n'importe qui. J'ai mon mari à Toronto. Je l'attends.

— Il ne vient plus.

— Linda et Daniel sont venus, il viendra. Je lui donne deux mois pour venir me chercher.

On ne lui a parlé de divorce que pour éprouver sa foi et, comme dans les romans où l'on ne démord pas d'un impossible amour, elle a résisté à l'épreuve. Et elle continuera de résister. Après les deux mois, elle trouvera un autre délai, contente de le trouver car elle n'aura sans doute pas terminé son trousseau, pauvre Aline, petite Pénélope de la salle Sainte-Marie. Si Conrad survenait, elle serait déçue, car elle vit désormais de l'attendre : il ne faut donc pas qu'il s'amène. Elle l'attend parce qu'elle sait qu'il ne viendra pas. « J'avais un jonc et une bague, le jonc et la bague de mon mariage. Je les avais laissés à mon mari : il prétend qu'il les a perdus. » Cela donne un espoir inaltérable, bien près du désespoir.

Si Madame Conrad Forgues, née Aline Dupire, reste enjouée et semble heureuse, c'est qu'elle a découvert dans sa réclusion le pouvoir des mots et qu'avec sa cinquième année non complétée ils lui ont appris à s'enchanter. Les années ont continué de se succéder en dehors du temps mort de l'asile. Il est trop tard pour reconstituer sa vie. Serait-elle plus heureuse guérie ? Elle a déjà tenu la maison de son père, ne le quittant pas pour épouser Conrad Forgues. Après la naissance de Linda, le père les a suivis à Sorel, puis est retourné convoler à Valleyfield. C'est alors qu'elle est tombée malade et ne s'en est plus rétablie. L'union conjugale qu'elle n'a pas réussie avec Conrad Forgues, malgré le bon vouloir de celui-ci, comment pourrait-elle la reprendre avec un autre ? Son père est paralysé, peut-être a-t-il été pendu : reviendrait-il à Sorel pour l'aider dans son nouveau ménage ? De plus, Aline, tu n'as jamais su conjuguer la première personne du singulier, tu es restée tributaire du nous familial. Les années passent et ce pluriel qui t'est si personnel, ce lieu chaleureux, privilégié entre tous, à Valleyfield qui n'est pas tout à fait Valleyfield car Valleyfield n'existe qu'en fonction de la parenté, ce lieu unique au monde (ne pense plus à Toronto, tu y déplaces Valleyfield, ce n'est qu'une ville illusoire), ce lieu néanmoins telle une galaxie en dispersion, n'aura bientôt plus que le vide pour centre, car tes anciens se meurent et tes frères et sœurs, tes beaux-frères, tes belles-sœurs sont à la merci d'enfants devenus grands qui ne te connaissent plus, Aline, encore moins que Daniel et Linda. Certes, les gens de ton acabit ne sont plus les hôtes solitaires d'un monde clos ; ils appartiennent chacun, on l'a dit, à un ensemble vivant, à ce nous familial dont l'écoute dessine les contours de leur maladie. Seulement, avec le temps dont tu ignores le cours en ton enfermement, cet environnement se vide et meurt du milieu. Tu te retrouveras comme devant dans la solitude d'un monde clos, tricotant le trousseau d'un enfant, on ne saura pas pourquoi. Tu parleras et l'on ne t'écoutera plus, ton dossier est déjà trop épais. Tu continueras de témoigner à la barre de ton procès perdu. Aline, ô pauvre folle, c'est ta mort déjà que tu tricotes !

cher époux

Que je suis heureuse de prendre la plume pour t'annoncer qu'après vous avoir attendu si longtemps je ne l'aurai pas fait en vain et que vous êtes enfin venus même si ton travail t'a retenu à Toronto! Rose est arrivée vendredi vers trois heures et demie en compagnie de Daniel, de Benoît et de Lucie[1]. J'étais inquiète, ne sachant pas si vous viendriez. Cependant je ne vous attendais pas si tôt, je vous attendais pour Pâques et je n'étais pas là pour vous recevoir. Vendredi je me trouvais à la chapelle à suivre le Chemin de Croix. Par chance je n'ai pu rester jusqu'à la fin. J'étais dans mes menstruations et j'avais trop mal aux reins, ce qui fit que je revins dans la salle où vous m'attendiez. La garde ne m'avait pas envoyée chercher. Vous étiez arrivés déjà depuis un bon moment. Aujourd'hui elle s'en fait des reproches. Elle croyait que vous veniez de Valleyfield, c'était un peu fou de sa part, car elle aurait dû savoir que nous demeurons à Toronto[2] : depuis si longtemps que je demande mon congé pour aller t'y rejoindre! En attendant, j'essayais au moins de te parler au téléphone ; j'ai essayé tant et plus, mais sans y parvenir. Les opératrices me disaient que tu n'avais plus le téléphone. Par malheur j'avais égaré toutes tes lettres et perdu en même temps tes adresses. Je ne pouvais plus te retracer et les opératrices, loin de m'aider, trouvaient toutes sortes de défaites pour m'empêcher de te parler [3]. Leurs manigances ont commencé un soir, alors que j'étais à la salle Sainte-Agathe. Je suis allée au téléphone et là j'ai eu la surprise de m'entendre dire que je ne signalais pas le bon numéro. C'était pourtant à ce numéro-là que j'avais l'habitude de te parler. Quand j'ai vu ça, j'ai téléphoné à la femme d'Ormidosse [4]. Elle a été assez bonne pour accepter les frais. Je ne sais pas si elle t'a fait ma commission : tu ne m'as jamais rappelé.

La dernière fois que tu es venu, nous étions allés en barque tous ensemble, moi et toi, Linda et Daniel. Je t'avais supplié alors de me ramener avec toi à Toronto et tu n'avais pas voulu. Vendredi, j'en ai parlé à Linda et à Daniel : ils semblent l'avoir oublié. Par contre ils se souviennent qu'en me quittant tu m'avais donné dix dollars. Je m'en souviens aussi. De retour dans la salle, garde Simard était au poste et je lui avais dit en pleurant : « Mon mari n'a pas voulu me reprendre mais il m'a laissé dix dollars et je voudrais lui téléphoner pour savoir s'il est parti pour Toronto avec les enfants. » Mais la garde m'avait répondu que l'argent était déjà sous clé et qu'elle ne voulait pas me le donner pour satisfaire à mes caprices et me le voir gaspiller — comme si cet argent n'était pas à moi ! Peu après, quand tu es venu une autre fois, j'avais changé de salle, du Rosaire j'étais passée à Sainte-Agathe, je t'ai dit : « Garde Lafleur est ici, le docteur fait tout ce qu'elle veut, c'est elle qui décide. N'aie pas peur. Tu restes à Toronto. Tu n'auras pas fait le voyage pour rien. Je vais lui dire que je ne suis pas malade et j'aurai mon congé de six mois, c'est certain. » Mais toi, tu as eu peur: « Ecoute, Aline, si tu dis ça à la garde, je m'en vais. » Je suis quand même allée la trouver, je lui ai dit que tu restais à Toronto et que tu ne pouvais pas toujours venir me voir pour rien. Garde Lafleur m'a répondu : « Votre mari, je l'ai peut-être déjà vu car ma mère reste à Moose-Christ, il y a là des Forgues que nous connaissons. » Je lui ai dit que j'étais pour me plaindre à eux de notre séparation, qu'elle ne pouvait plus durer et que j'entendais bien, capable comme elle était, qui décidait de tout dans la salle, qu'elle me donne mon congé. Alors elle, qui avait d'abord voulu faire son aimable, a parue offensée, prétendant que tu étais un bon mari et que je n'avais pas le droit de me plaindre de toi à personne, même aux Forgues de Moose-Christ. Quand je suis allée te retrouver, tu n'as rien dit, tu es reparti et je suis restée encore une fois enfermée. On nous offrait des cigarettes, j'étais triste, je pleurais. Chaque jour on insistait pour que j'en prenne comme je voulais, même tout un paquet. Je disais que j'en avais mal de toujours fumer. A quoi garde Bellerose répondait : « Aline, tu as seulement ça pour te désennuyer, allons, prends-les, ces cigarettes, grouille-toi, viens les chercher. » Ça, c'était à Sainte-Agathe. Ensuite on m'a envoyée une autre fois aux Victoires. Une semaine après, le médecin me dit qu'il a une bonne nouvelle pour moi : « Oui, nous allons vous trouver un foyer. » Je lui réponds : « Docteur, je souffre assez déjà de fumer pour me désennuyer, vous n'êtes pas pour me mettre en foyer à Pointe-aux-Trembles, à Montréal, je ne sais où, quand j'ai un mari qui reste à Toronto ; tout ce que je demande, c'est qu'il vienne me chercher. » Alors on m'a envoyée aux Rosaires. Il fallait aller danser presque tous les soirs. Les hommes étaient toujours après moi, des patients de l'hôpital. Une fois, l'un d'eux m'a demandé si j'étais mariée, je lui ai dit : « Oui, mon mari vient de Toronto. » Et je pleurais. T'en souviens-tu ? Je m'en étais plainte quand j'ai pu te rejoindre au téléphone. Des Rosaires je suis revenue dans l'unité C où il y a moins de danses et de simagrées, à la salle Sainte-Marie. C'était l'hiver dernier. Benoît est venu m'y voir en compagnie de Léo et de Blanche. Je les ai avertis que la Kelly, une patiente qui avait été avec moi à Sainte-Agathe et se trouvait maintenant à Sainte-Marie, ne cessait pas de me faire du mal : « Elle veut sortir avec Conrad. C'est elle qui a causé ma séparation. » Nous étions au grand restaurant de l'hôpital, je pleurais tout le temps, j'ai fait une crise. Il m'ont dit : « Ecoute Aline, Conrad va venir, ne t'inquiète pas, cesse de pleurer. » Après ça Benoît, Léo et Blanche sont partis. Je t'attends. Je t'attends cette semaine, car je suis très heureuse d'avoir vu les enfants, Vendredi-Saint, et fière de pouvoir te dire qu'à Sainte-Marie il s'est passé beaucoup de choses, autrement plus que dans les autres salles. Benoît est venu et je lui ai dit : « Benoît, qu'est-ce qu'il a, mon père ? Il paraît qu'il a paralysé en mangeant des cornichons. » Benoît m'a dit : « Oui, c'est de même qu'il a paralysé. » Je ne le croyais pas. « Pour moi, ai-je dit, il a été pendu. » Benoît a dit : « Pauvre Aline, tu sais bien qu'il est paralysé. » Ensuite il est parti et j'ai téléphoné à Linda ; elle m'a annoncé qu'elle viendrait avec Esmeralda et non avec toi, étant donné qu'à Pâques tu devais travailler. Je lui ai dit que le docteur voulait me donner mon congé et qu'ainsi je m'en retournerais avec eux-autres. Je les attendais donc pour le dimanche de Pâques. Ils sont venus le Vendredi-Saint, vers trois heures et demie, Daniel était avec eux. J'ai eu grand plaisir à le voir. Après leur départ j'en ai eu pour une bonne heure à pleurer. Il y avait si longtemps que je parlais de mon congé, j'étais à peu près certaine que la garde me l'accorderait. Dès mon arrivée du Chemin de Croix, nous étions descendus tous ensemble au restaurant. Ils ne partirent pas avant cinq heures et demie. A Rose et à Benoît qui disaient trouver la salle tranquille, j'ai répondu que Sainte-Marie ne valait pas mieux que Sainte-Agathe. Et c'est vrai : les premiers temps que j'y suis arrivée, les patientes ne cessaient pas de crier qu'on leur avait volé ceci, qu'on leur avait volé cela, et je ne savais pas si c'était moi qu'on accusait ou Suzanne Kelly.

Je n'ai pas eu la visite de tes sœurs depuis longtemps. Si je suis tuée, vous ne serez pas ici. Les gardiennes pensent à elles-mêmes d'abord, elles s'occupent de nous ensuite. Quand je cherchais à te téléphoner, comme s'il ne suffisait pas d'avoir perdu ta trace, tes adresses, on me gardait en cellule. Je t'écrivais des lettres, elles traînaient des sept, huit jours et on ne les avait pas encore envoyées ; peut-être qu'elles ne sont jamais parties. Garde Lafleur me disait : « Ton mari t'a placée ici, c'est qu'il a voulu se débarrasser de toi, Madame Forgues. » Chaque jour, quand le médecin passait, je lui demandais mon congé ; il

me répondait : « Que votre mari me téléphone. »
J'étais après lui, je lui disais : « Ecoute, docteur, mon
mari ne me croit plus. Je l'appelle, il ne veut pas
me parler : il pense que je suis malade. » Le médecin
me répondait : « Que votre mari me téléphone, » puis
il allait trouver la garde et la garde lui disait : « Son
mari l'a placée ici, il ne veut pas la sortir. » J'avais
pour voisine de cellule cette femme qui a tué son enfant, j'ai dû te le dire. Elle cherchait toujours à me
parler. Moi, je lui disais : « Mon mari reste à Toronto et j'ai un très bon mari. » Le sien n'avait qu'un
œil et il me regardait fixement. J'avais encore plus peur
de lui que d'elle. Et j'entendais crier l'enfant, une
petite fille de deux ans et demi, qu'ensemble ils met-
taient dans la baignoire pour lui tenir la tête en dessous de l'eau, c'est ainsi qu'elle est morte noyée. Et
puis, un matin, j'ai entendu la voix de mon père, il
me disait : « Ecoute, Aline, on cherche à te pendre. »
Je le savais déjà, mais peut-être lui aussi était-il me-
nacé de l'échafaud ? Il paraît qu'il a paralysé en mangeant des cornichons, je ne le crois pas. Je t'attendais.
Un jour, Benoît est venu me chercher, j'ai pu te téléphoner, tu m'as répondu qu'il y avait trop de neige et
que tu ne pourrais pas venir. Je ne m'arrêtais pas de
pleurer, toujours enfermée dans ma cellule. La garde
me donnait des piqûres, elle me disait toutes sortes de
choses, les gardiennes, les patientes l'entendaient et
elles riaient, puis elle me répétait : « Ton mari vient
de Toronto. S'il t'a placée ici, à Saint-Jean-de-Dieu,
c'était pour se débarrasser de toi, Madame Forgues. »
Je finissais par sortir de cellule parce qu'à la longue
j'apprenais à taire ce que je pensais et parce qu'on

était bien content de m'avoir dans la salle pour faire des rouleaux. Je gagnais ainsi un peu d'argent qui m'aurait permis de te téléphoner ; j'essayais mais les opératrices chaque fois intervenaient pour me dire que je ne signalais pas le bon numéro et l'argent me revenait. Je retournais dans la salle, ne sachant qu'en faire. Je pleurais. Ensuite il arriva que le médecin qui me disait toujours : « Que votre mari me téléphone, » fut remplacé par un autre à qui je dis dans l'espoir d'être mieux entendue : « Docteur, mon mari reste à Toronto, c'est un bon mari, je voudrais aller le trouver... » Garde Lafleur m'interrompit : « Ton mari t'a placée ici, Madame Forgues, pour se débarrasser de toi. Cesse de nous parler de lui car il est mort ou en instance de divorce. » Je n'ai pas cru la garde. Je restai quand même surprise. Je demandai alors au médecin de changer mes pilules. J'en prenais bien une vingtaine par jour, c'était peut-être trop. Lui, il ne m'en a laissé seulement quatre, j'ai été malade, cela ne parut pas, j'étais devenue grassette, je pesais bien cent-trente livres, mais le matin je n'étais plus capable de manger, je renvoyais tout ce que je prenais. La garde Lafleur ne me lâchait pas et comme je ne pouvais pas m'empêcher de lui parler de toi parce que je t'avais toujours dans la tête, elle se fâchait et m'enfermait : « Aline, dans ta cellule ! » Je ne sais pas ce qu'elle avait et peut-être détestait-elle au fond d'elle-même les Forgues de Moose-Christ qui ne sont pas de notre parenté pourtant. Ensuite de Sainte-Agathe j'ai été envoyée aux Victoires pour laisser la place à une patiente qu'on n'y pouvait plus souffrir et en échange de laquelle, m'a dit le médecin en riant, on aurait pris un vieux bout de bois. Aux Victoires on m'a laissée tranquille sans doute parce qu'on ne pouvait rien pour moi, puis je suis revenue à Sainte-Agathe et le bal a recommencé. La Kelly riait de moi devant le médecin. Quand je me trouvais seule avec elle, elle me disait, les yeux brillant de joie mauvaise, comme une raie démone :

— Ton mari vient de Toronto et ce n'est pas ton mari, tu fais accroire à tout le monde qu'il est ton mari, mais c'est un garçon, il t'emmène dans les motels, là il fait tout ce qu'il veut avec toi puis il se sauve à Toronto et toi, tu reviens ici. Tu fais accroire que tu es mariée, ce n'est pas vrai : tu n'as même pas d'enfants.

Elle, elle en avait eu trois qu'elle avait abandonnés à la Crèche. C'est pour cela qu'elle me parlait ainsi. Elle m'en disait bien d'autres et je ne cherchais même pas à lui répondre ; je pleurais. D'autres patientes faisaient comme elle pour essayer de me faire parler. Alors j'ai déserté Saint-Jean-de-Dieu, sautant la clôture à un endroit où celle-ci penche vers l'extérieur, connue par tout le monde à l'hôpital sous le nom de sortie des artistes. Il restait un banc de neige de l'autre côté de la clôture. J'y enfonçai jusqu'aux cuisses et dans ma hâte de me dépêtrer j'y laissai mes petites bottes rouges. Au-delà du banc de neige, la rue était proche, séparée par un bout de champ boueux. J'ai bien failli me sauver en souliers, mais de quoi aurais-je eu l'air dans la grande ville de Montréal que je ne connais pas ? D'une échappée d'asile. Je réussis à récupérer mes petites bottes au fond du trou que j'avais fait dans la neige. Je les remis, j'étais contente, mais j'avais déjà les pieds un peu mouillés.

Je pris un taxi ; il aurait été prêt à me mener à Valleyfield au tarif ordinaire, soit pour dix-neuf dollars et je n'avais pas d'argent, pas un sou. Il me dit que mes parents paieraient peut-être le voyage. Je lui répondis que j'en étais certaine ; lui, il l'était moins et m'a donné l'argent voulu pour téléphoner à Valleyfield. J'ai appelé Aurilda, ma belle-sœur. Elle m'a dit : « Ecoute, Aline, Bernard ne travaille pas, nous n'avons pas une vieille piastre percée à la maison. Demande plutôt à Benoît. » Le taxi était à côté de moi, dans la boîte, il écoutait. J'ai fermé la ligne, il ne tenait pas à me prêter d'autre argent pour téléphoner à tous les Forgues et à tous les Dupire de la ville de Valleyfield. Il avait fait ce qu'il avait pu. C'était un bon vieux taxi un peu fatigué. Il m'a dit que dans son métier on ne gagnait pas grand'chose et qu'on se réchappait sur les heures.

— Sans vouloir vous donner de conseil, moi, Madame, si j'étais à votre place, je retournerais à Saint-Jean-de-Dieu.

Je lui ai dit :

— Je suis écœurée d'eux-autres, à Valleyfield. Je vais aller retrouver mon mari directement à Toronto.

Il m'a souhaité bonne chance et c'était, je pense, de bon cœur, puis il a continué. J'ai marché dans la rue, tout était sec à présent, j'aurais pu me passer de mes petites bottes. Je voulais te téléphoner. Je suis entrée dans une bâtisse qui avait l'air d'un restaurant : c'était une taverne, il n'y avait pas grand'monde, mais toutes les têtes se sont tournées vers moi comme si

169

j'étais une apparition. Un grand type en blanc venait déjà vers moi. Vite je suis sortie. J'ai rencontré deux jeunes filles dans la rue. Elles marchaient vivement n'arrêtant pas de parler et de rire. Je les ai accostées, elles ont été surprises. Je leur ai dit que je venais de déserter Saint-Jean-de-Dieu et que je n'avais pas d'argent ; elles ont semblé gênées, l'une d'elles m'a donné vingt-cinq sous, puis elles ont continué ; elles ne parlaient plus ni ne riaient plus. Soudain l'autre, celle qui n'avait pas bougé quand je quémandais, est revenue en courant et m'a donné elle aussi vingt-cinq sous. Cela m'a fait plaisir, je me suis dit qu'il y avait du bon monde dans la ville de Montréal. Au prochain coin de rue, je me suis arrêtée pour attendre l'autobus. Je ne savais pas où cet autobus me conduirait. J'ai demandé au chauffeur comment m'y prendre pour sortir de Montréal en direction de Valleyfield. Il m'en a dit les numéros et j'ai pris deux autres autobus. J'ai débarqué, je ne peux pas te dire où, je ne le savais pas moi-même. Je suivais les indications des chauffeurs d'autobus. J'ai fait un bout de chemin et je suis arrivée à une petite maison, à côté d'un pont, je pense [5]. Il y avait là un homme, je lui ai dit : « Monsieur, j'ai déserté Saint-Jean-de-Dieu, je n'ai plus un sou, je ne sais pas où aller, je suis Madame Conrad Forgues : est-ce que je pourrais me servir de votre téléphone ? » Il m'a répondu : « Bien sûr que oui, Madame Forgues. » Il était trop poli avec moi, il devait avoir une idée en arrière de la tête qu'il ne voulait pas me laisser deviner. Je ne savais plus qui appeler. J'ai demandé à l'homme, sans doute parce qu'il parlait le français comme un Anglais, s'il connaissait mon beau-frère Adrien Larocque, de Cornwall. Il m'a répondu : « Certain, certain, je connais ça. » Il y avait deux téléphones dans la petite maison, un dehors, un dedans. « Vous avez frette, Madame Forgues. Prenez le téléphone qui est en dedans. » J'entrai. J'aurais voulu appeler Eléonore ou ma tante Wilbrod. Je décrochai le téléphone, on parlait sur la ligne, je me souviens d'avoir compris que l'Océan Limitée entrait à Saint-Lambert. A l'extérieur, l'homme téléphonait aussi. Je dis que je voulais parler à Valleyfield, à ma tante Wilbrod Dupire. On me répondit que l'Océan Limitée repartait de Saint-Lambert et qu'il allait bientôt s'engager sur le pont. Je n'y comprenais rien. Ce fut à ce moment que la police est arrivée et m'a demandé :

— Madame, d'où venez-vous ?

— Je viens de Saint-Jean-de-Dieu, j'ai déserté, je n'en pouvais plus, j'ai voulu aller retrouver mon mari à Toronto, mon mari Conrad Forgues qui m'aime et que j'aime même si j'ai déjà eu mes torts.

La police m'a emmenée au poste. On a pris la couleur de mes yeux, ma grandeur, mon poids, toutes mes empreintes. Quand j'ai demandé pourquoi, la police m'a répondu que c'était pour m'envoyer à Toronto en avion. Comment l'aurais-je cru ? Un type à côté de nous téléphonnait à Saint-Jean-de-Dieu d'avoir à venir me chercher.

— Oui, c'est elle, Madame Conrad Forgues, née Aline Dupire. Nous ne pouvons pas la garder, nous n'avons pas de matrone. Et puis c'est votre gibier, venez la ramasser.

171

Quand la gardienne est arrivée en ambulance, je lui ai dit : « Gardienne, auriez-vous une cigarette à me donner ? » Elle m'a dit de la demander à la police : « Moi, Madame Forgues, je n'en ai pas. » La police m'en a offert une. J'étais contente, non pas parce que j'avais le goût de fumer, mais parce que je ne voulais pas la camisole de force. Quand on vous laisse fumer, on ne vous la met pas. Nous sommes rentrés à l'hôpital, on m'a mise en cellule, je pleurais et c'est en pleurant que je me suis endormie. Le lendemain, le médecin est venu dans ma cellule, je lui ai dit : « Docteur, hier j'ai désarté, vous savez pourquoi, c'était pour aller retrouver mon mari à Toronto. Si vous ne voulez pas me donner mon congé, je vous avertis : vous allez le regretter. » Le médecin m'a regardée, n'a rien dit et s'en est allé. Après son passage, on m'a laissée sortir de ma cellule. Dans la salle il y avait une nouvelle patiente, une femme qui venait je ne sais d'où. Elle m'a dit : « Madame Forgues, j'ai tué ma petite fille de deux ans et demi. » Pourquoi venir me dire ça à moi ? Parce que je gardais les enfants d'Eléonore quand son bébé est mort ? J'ai dit à cette femme de s'en aller, que je ne voulais pas la voir, que je ne voulais pas l'entendre.

— Moi qui avais cru que vous pourriez me comprendre !

Là, je pense que j'ai fait une crise. Je me suis retrouvée en cellule. Toute seule, je ne cessais pas de penser à toi. J'aurais tant voulu te parler au téléphone ! Mais on me gardait enfermée. Benoît venait de temps en temps. Chaque fois je pensais que j'étais pour partir en congé. Au moins j'aurais voulu savoir si tu étais pour venir, mais je n'avais plus la permission de téléphoner, pas même à Valleyfield. Un jour, j'avais préparé tout mon linge, je t'attendais. Garde Labeur m'a dit : « Madame Forgues, viens-tu à la Chapelle ? C'est la retraite des malades. » Je lui ai répondu : « Non, je n'irai pas à cette retraite. Mon mari est supposé venir me chercher, je l'attends. » Elle m'a dit : « Ton mari reste à Toronto et à Toronto il va rester car il t'a placée ici pour se débarrasser de toi. » Les gardiennes m'ont dit : « Déshabille-toi, Madame Forgues. Si ton mari te voyait habillée comme ça, qu'est-ce qu'il dirait ? » Je portais une belle jupe que tu m'avais achetée toi-même, une jupe que j'avais mise pour te faire plaisir et une jolie blouse. J'ai répondu aux gardiennes : « Je suis habillée à mon goût et je n'ai pas besoin de vous autres qui souvent le matin nous arrivez attifées comme la chienne à Jacques, pour savoir comment m'habiller. » Garde Lajeur m'a obligée à me déshabiller et les gardiennes sont allées chercher une autre robe, une robe fournie par l'hôpital, pour me la mettre. Elle était trop grande ; je m'y sentais flotter comme dans un sac. J'étais comme les autres patientes qui n'ont pas de parents, qui n'ont pas de maris et je t'attendais. La semaine suivante, j'ai désarté pour aller te trouver. Je savais où la clôture se trouvait plus basse qu'ailleurs, je l'ai sautée [6]. J'avais les pieds mouillés, je suis entrée dans une maison, les parents étaient sortis, il n'y avait qu'une petite fille qui gardait les enfants. Je lui ai demandé de téléphoner longue distance : « J'ai désarté Saint Jean-de-Dieu et je voudrais aller rejoindre mon mari à Toronto. » La petite fille m'a dit : « Madame, voudriez-vous une tasse de café ? »

— Oui, cela me fera du bien car j'ai les pieds mouillés.

La petite fille m'aida à ôter mes bottes, mes souliers et descendit les porter sécher dans la cave, sur la fournaise. Puis elle remonta préparer la café. Elle m'expliqua qu'elle n'était pas chez elle dans la maison, qu'elle voulait bien que je téléphone pourvu que je le fasse à frais virés. J'ai pris le téléphone, j'ai appelé Nicolas, il m'a répondu : « Ecoute, Aline, je ne peux pas du tout aller te chercher ; je suis malade. Demande plutôt à Benoît. »

J'ai bu la tasse de café. La petite fille m'a fait remarquer que j'avais appelé à Valleyfield et non à Toronto. « C'est à Valleyfield que sont tous mes parents et c'est de là que quelques-uns sont partis pour l'Ontario, pour Cornwall et même pour Toronto comme c'est le cas de mon mari et de ma sœur Esméralda. Il faut donc que je passe d'abord par Valleyfield. » Je ne sais pas si elle m'a comprise. Voyant que j'étais pressée, elle est descendue chercher mes bottes et mes souliers.

— Ils sont encore un peu humides.

Je me suis vite chaussée, j'ai remercié la petite fille et je suis sortie. La etite fille m'avait suivie et du seuil de la porte me cria bonne chance. J'étais trop pressée pour apprécier sa gentillesse. J'ai continué sans me retourner. Peu après je marchais dans la rue, un taxi s'est arrêté, il m'a dit : « Madame, où voulez-vous aller ? » Je lui ai répondu : « Je m'en vais à Valleyfield, voulez-vous me conduire ? » Il voulait moyennant de l'argent et je n'avais pas un sou. Je lui ai dit : « J'ai désarté de Saint-Jean-de-Dieu et je m'en vais à Valleyfield seulement pour pouvoir continuer et aller rejoindre mon mari à Toronto. » Il m'a demandé pourquoi je passais par Valleyfield pour aller à Toronto. « Y avez-vous de la parenté ? » Je lui ai récité les noms de mes frères et sœurs, beaux-frères, belles-sœurs, oncles, tantes, neveux et nièces, tant du côté des Dupire que des Forgues : bien sûr que j'en avais de la parenté ! Il m'a fait asseoir en avant avec lui : « Valleyfield, c'est un voyage de dix-neuf piastres. Donnez-moi le nom de celui ou de celle qui serait prêt à le payer. » Je lui ai dit : « Madame Bernard Piché, ma belle-sœur Aurilda, Notre-Dame du Sourire, Valleyfield. » Il m'a dit : « Savez-vous son numéro de téléphone ? » Je le lui ai donné, nous sommes sortis, il y avait une boîte de téléphone le long de la rue, je m'y suis glissée près de lui et je l'ai entendu dire : « Madame Piché, votre belle-sœur Aline voudrait que j'aille la mener à Valleyfield, c'est un voyage de dix-neuf piastres. Seriez-vous parés à payer ? » Ma belle-sœur a répondu au taxi que son mari ne travaillait pas... J'ai dit au taxi : « Donnez-moi la ligne, je vais lui parler. » J'ai crié : « Aurilda, c'est Aline... La ligne bourdonnait, Aurilda avait raccroché. Le taxi a haussé les épaules. Il venait de perdre quelques sous, il ne tenait pas à dépenser toute sa monnaie pour s'essayer sur un autre parent ni jouer le salaire de sa nuit sur tous les Forgues-Dupire que je lui avais énumérés. « Trop de parenté, ça vous rend parfois orphelin. » Il m'a quand même souhaité bonne chance, continuant son chemin, et je fus de nouveau seule dans la rue, au milieu d'une ville étrangère, abandonnée des miens, si loin de Toronto, si loin de toi...

Dans la salle les patientes sont de vraies démones, parlant toutes en même temps pour ne rien dire, pour couvrir la voix de celles qui auraient quelque chose à dire, pour qu'elles se taisent et se sentent devenir folles à leur tour. Il y a la Kelly qui ne cesse pas de me tourner en dérision, il y a la femme qui a tué son enfant, il y a les autres qui me sont de pures étrangères. La nuit, j'entends parfois la voix de mon père ; il me demande de monter avec lui sur l'échafaud. Je ne veux pas, je me réveille tout en sueurs et tu n'es pas là. Je ne peux plus parler au médecin car il ne cesse de répéter qu'il y a eu annulation de mariage, divorce, je ne sais plus quoi. Je voudrais lui parler de toi et lui dire que j'ai un bon mari. Parfois, c'est plus fort que moi, je m'y essaie mais je n'ai pas ouvert la bouche qu'il me dit : « Ne me parlez plus de votre mari, c'est fini, vous m'entendez, Madame Forgues, fini. » Moi, je continue de t'attendre et je sais que tu ne peux pas m'en faire reproche. Je reste seule avec toi et tu n'es pas là, mais tu viendras comme tu es si souvent venu, j'en suis certaine. Les enfants ont bien changé, ils sont grands maintenant et eux aussi ils nous laissent seuls ensemble.

Dès que tu auras reçu ma lettre, n'oublie pas de me répondre. Parle-moi de tout ce qui s'est passé depuis que tu n'es pas venu. Ici, on est content de moi et l'on me trouve assez bien pour aller en foyer à Montréal. On peut toujours me le demander, je n'irai pas, surtout depuis que Linda et Daniel sont venus de Toronto. J'en suis fière, si fière que personne ici ne peut le savoir. Ce matin, j'ai écrit à Aurilda pour l'inviter à venir me rendre visite, mais je ne l'attends guère car Bernard, en plus de ne pas connaître la ville de Montréal, a trop peur des accidents pour sortir de Valleyfield. Celui que j'attends est plus brave. Il marche sur les hautes poutres d'acier dans le ciel. Il viendra de Toronto pour me mettre en foyer chez lui, chez nous.

Maintenant, bonjour,

De ta femme Aline

---

1. Rose Dupire, la sœur d'Aline, Daniel Forgues, son fils, Benoît Dupire, son frère, et Lucie, femme de Benoît. Lapsus de sa part, Aline ne parle pas de sa fille aînée Linda.

2. Rose, Benoît, Lucie sont de Valleyfield. Seuls les enfants, Linda et Daniel venaient de Toronto.

3. Le 7 mars 1966, le dossier mentionne qu'Aline ne rejoignant pas son mari par téléphone, dans son impatience appela la police de Toronto pour que celle-ci le retrace sans délai.

4. Homidas Forgues, de Toronto, un neveu.

5. Le pont Victoria.

6. Il s'agit de l'évasion déjà relatée, reprise en partie sous un jour différent, comportant des éléments nouveaux mais privée de la fin. Il est à noter qu'au cours de toute la lettre, la réalité est mêlée à la fantasmagorie dans ce qu'on nomme le vécu psychotique et que, par exemple, Suzanne Kelly accusée de vouloir débaucher le mari ne l'a jamais vu.

COLLECTION « Les Romanciers du Jour »

R-1   LA CRUAUTÉ DES FAIBLES (**Marcel Godin**) _____ $1.50
Des nouvelles vigoureuses révélant un grand talent.

R-2   LA MORT D'UN NÈGRE (**Jean-Louis Gagnon**) _____ $1.50
Deux nouvelles remarquables par le célèbre journaliste.

R-3   LE DÉPUTÉ (**Charlotte Savary**) _____ $1.50
Roman se déroulant dans le milieu de la politique.

R-4   LE JOUR EST NOIR (**Marie-Claire Blais**) _____ $2.00
Nouvelle édition.

R-5   PERDRE LA TÊTE (**Roland Lorrain**) _____ $1.50
(épuisé).

R-6   UN HOMME EN LAISSE (**Jean-Paul Filion**) _____ $1.50
Excellent roman canadien — Prix littéraire de la Province.

R-7   LES MONTRÉALAIS (**Andrée Maillet**) _____ $2.00
Nouvelles où l'on retrouve, bien campés, plusieurs Montréalais.

R-8   POUPÉE (**Claire Mondat**) _____ $2.00
Le roman d'une belle fille éprise d'elle-même.

R-9   LORENZO (**Jean Basile**) _____ $2.00
Une histoire étrange et envoûtante.

R-10 LE GRAND ROMAN D'UN PETIT HOMME (**Yves Thériault**) _____ $2.00
(épuisé)

R-11 LA ROSE DE PIERRE (**Yves Thériault**) _____ $1.50
Merveilleuses histoires d'amour...

R-12 JOLIS DEUILS (**Roch Carrier**) _____ $1.50
Petites tragédies pour adultes. Prix littéraire de la Province.

R-13 LA JUMENT DES MONGOLS (**Jean Basile**) (épuisé) _____ $2.00

R-14 LES REMPARTS DE QUÉBEC (**Andrée Maillet**) _____ $2.00
Une analyse magistrale de cette aventureuse jeunesse du Québec.

R-15 LA FLEUR DE PEAU (**Hélène Ouvrard**) _____ $2.00

R-16 UNE SAISON DANS LA VIE D'EMMANUEL (**Marie-Claire Blais**) — $2.00
Prix Médicis 1966.

R-17 L'INSOUMISE (**Marie-Claire Blais**) _____ $2.00
Très beau roman de l'auteur de « Une saison ».

R-18 CONTES POUR BUVEURS ATTARDÉS (**Michel Tremblay**) _____ $2.00
Des contes inusités et fantastiques.

R-19 SOLANGE (**Jean-Guy Pilon**) _____ $2.00
La passion cachée qui détruit les êtres.

R-77 Le raton laveur (Marc Doré) $2.50
Une histoire d'adolescents en quête d'aube.

R-78 Les Grands-pères (Victor-Lévy Beaulieu) $3.00
Un vieil homme solitaire prisonnier de sa mort.

R-79 Le Loup (Marie-Claire Blais) $3.00
L'univers de l'homosexualité.

R-80 La chaise du maréchal Ferrant (Jacques Ferron) $3.00
Le mythe du diable revu et corrigé par l'auteur du Ciel de
Québec.

R-81 La représentation (Michel Beaulieu) $3.00
Une charge contre le mépris. Un grand roman d'amour.

R-82 L'emmanuscrit de la mère morte (Emmanuel Cocke) $3.95
Des personnages pleins de santé. Un milieu exotique et cosmo-
polite.

R-83 Un rêve québécois (Victor-Lévy Beaulieu) $3.00
Le cauchemar de Lémy Dupuis dans le climat des événements
d'octobre.

R-84 Après la boue (Gilbert La Rocque) $3.95
L'histoire d'une jeune femme désespérée.

R-85 Le Saint-Elias (Jacques Ferron) $2.95
La chronique d'un petit village québécois: Batiscan.

R-86 Récits des temps ordinaires (Louis-Philippe Hébert) $2.95
Vingt histoires insolites écrites dans un style superbe.

R-87 La mort de l'araignée (Michèle Mailhot) $2.50
Une femme de quarante ans quitte son mari et fait le point.

R-88 Anna-Belle (Yvon Paré) $2.75
Un écrivain québécois nous parle de son village La Dorée.

R-89 L'ogre de barbarie (Pierre Billon) $3.25
Un personnage frais comme le jour. Coédition avec Robert
Laffont.

R-90 Sold-out (Nicole Brossard) $2.50
Un roman-poème. Un livre-objet écrit superbement.

R-91 Adéodat 1 (André Brochu) $3.00
Vivre c'est quoi? Une question sans réponse.

R-92 Carcajou ou le diable des bois (Félix Leclerc) $3.00
Sagesse, liberté, amour et tolérance. Coédition avec Robert
Laffont.

R-93 Axel et Nicholas (André Carpentier) $3.00
Une oeuvre allant de la poésie au roman. Le premier roman
d'un jeune écrivain.

R-94 C't'a ton tour Laura Cadieux (Michel Tremblay) $3.00
Des situations cocasses, drôles, parfois tragiques.

R-95 L'amer noir (Bruno Samson) $4.50
Des personnages au verbe riche. Leurs aventures d'amour et de
haine.

R-96 Un Joualonais, sa Joualonie (Marie-Claire Blais) $4.95
Un genre absolument nouveau. Une date dans l'oeuvre de
l'auteur.

R-97 Le deux millième étage (Roch Carrier) $3.50
Des personnages irrésistibles dans un décor fantastique.

R-98 Chère Touffe, c'est plein plein de fautes dans ta lettre d'amour $5.00
(Jean-Marie Poupart). Des adolescents dans une maison vide.
Plein d'humour.

R-99 Oh Miami, Miami, Miami (Victor-Lévy Beaulieu) $6.00
Un grand roman gorgé d'érotisme.

R-100 Le corps étranger (Hélène Ouvrard) $3.00
L'histoire moderne du couple. Le refus de la condition de femme
aliénée.

221 6 1577

*Achevé d'imprimer
par les travailleurs de l'imprimerie
Les Editions Marquis Ltée de Montmagny,
le trente août mil neuf cent soixante-quatorze
pour Les Editions du Jour.*